Alina Koy · Schönheitsoperation

Alina Koy

Schönheitsoperation – mein Körper sagt mir, wer ich bin

Ein sehr persönlicher Erfahrungsbericht

Weitere Informationen über den Verlag und sein Programm unter:
www.buchmedia.de

Bibliographische Information der Deutschen Bibliothek

Die Deutsche Bibliothek verzeichnet diese Publikation
in der Deutschen Nationalbibliographie;
detaillierte bibliographische Daten sind im Internet
über <http://dnb.ddb.de> abrufbar.

Oktober 2005
© 2005 Buch&media GmbH, München
Umschlaggestaltung: Kay Fretwurst, Freienbrink
Herstellung: Books on Demand GmbH, Norderstedt
Printed in Germany · ISBN 3-86520-144-X

Inhalt

Vorwort   7

Mein Leben vor dem Entschluss, eine Schönheitsoperation zu wagen   9

Die Problemzonen 9
Meine Psyche... 10
Meine Vorstellungen von meinem Körper 12
Maßnahmen zur Erreichung meiner Wünsche 13
Auswirkungen auf Job und Erfolg und
das damit verbundene Selbstwertgefühl............... 15

Der Entschluss und die Recherchen vor der Operation   18

Geteiltes Leid ist halbes Leid 18
Der Entschluss 21
Mehr Mut zu zweit................................. 22
Kosten – und wie finde ich den richtigen Arzt? 23
Erste Beratungsgespräche: Möglichkeiten,
Methoden, Techniken............................... 27
Entscheidung, trotz Selbstzweifel.................... 39
Schönheits-OP als widersprüchliches Trendthema
der heutigen Zeit................................... 43
Sollte man von einer Schönheitsoperation erzählen? 46

Vorbereitungen für die Operation und Klinikaufenthalt   50

Voruntersuchungen 50
Der Tag der Operation.............................. 53
Entlassung aus der Klinik 58

Die Zeit nach dem Eingriff bis heute   **61**

Der Tag danach – wieder zu Hause 61
Die ersten sechs Wochen nach der Liposuktion 62
Urlaub 67
Traum oder Wirklichkeit? 70
Wahrnehmung durch meine Umwelt 71
Schönheitsoperationen machen nur andere 73
»Spätfolgen«...................................... 76
Heute – vier Jahre später 78
Das neue Lebensgefühl – und wie geht es weiter? 79

Nachwort   **81**

Anhang   **84**

Fachbegriffe 84
Begriffserläuterungen mit Quellenangaben............ 88

Vorwort

Ich schaute in den Spiegel. Wie schon so oft stellte ich fest: Egal wie viel Sport ich trieb und was ich auch anstellte, meine Beine und mein Po passten in den Proportionen einfach nicht zu meinem Körper. Blusen und Pullover trug ich in Kleidergröße 38, Hosen in der Konfektionsgröße 42. Anstatt mich mit meinen 35 Jahren endlich damit abzufinden, wurde der Leidensdruck immer größer und der Wunsch nach Veränderung immer stärker.

Ich galt bei meinen Freunden, Bekannten und in der Familie seit jeher als selbstbewusste, konsequente und starke Frau, der nichts etwas anhaben konnte. Was auch stimmte, bis auf diesen einen Punkt!

In meinen beruflichen Tätigkeiten im Veranstaltungs- und Eventbereich, unter anderem für eine Firma im Luxusgütersegment, hatte ich stets engen Kontakt zu Kunden. Meine Tätigkeit, das Planen und Organisieren von Veranstaltungen, machte mir viel Freude. Als äußerst belastend empfand ich allerdings, dass ich mich nicht nur hinter meinem Schreibtisch im Büro verstecken konnte, sondern aktiv an den von mir organisierten Events teilnehmen musste. Es fiel mir schwer, mich zu akzeptieren, wie ich war.

Rückblickend betrachtet prägte mein Körper im Unterbewusstsein mein ganzes Denken und Handeln. Jetzt, gute vier Jahre nach der Liposuktion (= Fettabsaugung), fühle ich mich besser denn je. Obwohl der Weg keineswegs einfach war …

Mein Leben vor dem Entschluss, eine Schönheitsoperation zu wagen

Die Problemzonen

Ich weiß, dass ich nicht aussehe wie Claudia Schiffer oder Nadja Auermann, schon gar nicht bei meiner Größe von eben 1,68 Meter. Aber musste das Schicksal mir denn so übel mitspielen? Wieso war gerade ich mit Beinen gestraft, die eher zu einem Gewichtheber als zu meinem restlichen Körper zu passen schienen?

Für Hosen brauchte ich glatte zwei Konfektionsgrößen mehr als für Blusen oder Pullover. Meine schmale Taille (die habe ich wenigstens) vergrößerte den Po optisch noch zusätzlich. Was an den Schenkeln und am Po spannte, war in der Taille zu weit. Neue Hosen oder neue Röcke musste ich grundsätzlich zum Schneider bringen, um das Bündchen ändern zu lassen; Blazer und Westen mussten lang genug sein, um meinen Po und die Oberschenkel zu kaschieren. »Kaschieren« war überhaupt das Zauberwort – lange Oberteile und im Winter vor allem lange und weite Pullover – wurden für mich irgendwann unersetzbar; ich versuchte halt das Beste daraus zu machen.

Aber selbst bei den Oberteilen, besonders bei Blazern, hatte ich häufig Probleme: Was oben im Brustbereich passte, war über dem Po oft zu eng, sicherlich werden einige von Ihnen nachvollziehen können, wovon ich spreche. So musste ich auch hier gelegentlich zur nächsten oder übernächsten Größe greifen. Früher krempelte ich aus Kostengründen die Ärmel der Jacken häufig einfach nur hoch. Sicher nicht die optimale

Lösung, aber für einen perfekten Sitz hätte ich jedes Mal das neu erworbene Stück im Schulterbereich und in den Ärmeln ändern lassen müssen. Das wäre auf Dauer sehr teuer geworden. Andernfalls gab es die Möglichkeit, den Blazer offen zu tragen. Für diese Variante entschied ich mich, wenn ich das Stück meiner Begierde unbedingt besitzen wollte, es in meiner Größe aber nicht mehr zu haben war.

Meine Garderobe war aufgrund meiner Problemzonen folglich sehr eingeschränkt und langweilig; zum Teil fand ich meinen Kleidungsstil sogar richtig hausbacken. Ich war jung, fühlte mich jung und wollte mich entsprechend modisch kleiden. Es war ein stetiger Kompromiss, in den ich gezwängt war, wollte ich nicht ganz und gar unmöglich aussehen.

Wenn ich mal wieder unglücklich vor dem Spiegel stand, weil ich nicht wusste, ob ich dieses oder jenes Kleidungsstück zu einer Party tragen sollte, versuchten meine Freundinnen oder später mein Ehemann mir einzureden, dass ich so, wie ich war, ruhig gehen solle – man könne eben nicht perfekt sein. Ich solle doch versuchen, die Blicke auf mein Gesicht und meine Haare zu ziehen; überall sei zu lesen, dass man seine Vorzüge hervorheben sollte. Sie wollten nett sein und meinten es sicherlich gut; getröstet haben sie mich mit diesen Vorschlägen und Tipps – denen ich nur zu gerne geglaubt hätte – nicht.

Spätestens dann, wenn ich wieder zum Einkaufen ging, bekam ich den Beweis, dass etwas an meiner Figur nicht stimmte. So lange ich zurückdenken konnte, hatte ich nie einen Hosenanzug oder ein Kostüm passend kaufen können.

Meine Psyche

Wie stand es um meine Psyche? Ob ich es mir eingestehen wollte oder nicht – ich litt furchtbar unter meinem Problem.

Und ich wollte es möglichst für mich behalten, mit mir alleine ausmachen. Warum konnte ich nicht einfach meine Freunde und Bekannten wissen lassen, welches Problem meine Figur für mich bedeutete, wie lebensbestimmend diese Tatsache für mich war? Aber wer hätte mich mit meinem Problem wirklich ernst genommen? Mir ging es doch sonst gut.

Deshalb ließ ich nur Menschen, die ich sehr lange kannte und denen ich vertraute, relativ nah an mich heran; nur Menschen, von denen ich mich wirklich geliebt und zugleich verstanden fühlte, vertraute ich mich in fast allen Dingen an.

Ein zweites kam für mich hinzu. Anderen gegenüber meinen Leidensdruck einzugestehen, hätte mich schwach und angreifbar gemacht. Schwächen passten aber nicht zu meinem Image. Und ich wollte natürlich auch keine Schwächen haben – noch schlimmer wäre für mich gewesen, Schwächen zu zeigen.

Im Nachhinein staune ich, wie sehr ich mich in meinem Handeln von meinen Wünschen, meiner Selbstkritik und meinem Selbstwertgefühl beeinflussen ließ. Ich war innerlich unzufrieden. Bestimmt fragen Sie sich an dieser Stelle, warum mir Äußerlichkeiten so wichtig waren und sind? Und konstatieren, dass es mit meinem Selbstwertgefühl augenscheinlich nicht weit her sein konnte?

Das mag ja alles sein. Aber die Menschen sind unterschiedliche Individuen, nicht nur vom Äußeren her, sondern auch von ihren Charakteren. Und das ist auch gut so!

Ich persönlich hatte einen Anspruch an mich selbst, dem ich gerecht werden wollte. Dieser Anspruch betraf und betrifft mehrere Lebensbereiche – Äußerlichkeiten, den Job, meinen Ehrgeiz, mein Selbstwertgefühl und so weiter.

So bin ich eben. Es ist mein Charakter, ob gut oder schlecht ist hier nicht die Frage, und ich möchte mich dafür auch nicht weiter rechtfertigen.

Im Rückblick muss ich sagen, dass die Ansprüche an mich selbst und eine Neigung zum Perfektionismus in allen Lebensbereichen für meine Psyche eine große Rolle gespielt haben. Makel und Fehler, über die ich bei anderen Personen häufig hinwegsah oder die ich für unbedeutend hielt, wollte ich mir selbst nicht zugestehen.

Zwangsläufig fühlte ich mich – damals – in meiner Haut furchtbar unwohl! Jeder Mensch hat Makel, der eine mehr, der andere weniger. Und natürlich bin auch ich nicht frei von Makeln; aber hinsichtlich meiner Proportionen war für MICH die Grenze des Zumutbaren deutlich überschritten.

Meine Vorstellungen von meinem Körper

Mit der Zeit blickte ich immer kritischer in den Spiegel, obwohl sich an meiner Figur nichts wesentlich veränderte. Mein Mann beteuerte zwar, dass er mich liebe, wie ich sei, und dass er mich schließlich auch so kennen gelernt habe. Das war bestimmt ernst gemeint und auch tröstend, konnte mir aber nicht helfen, mich von meinem Problem zu lösen.

Natürlich war mir klar, dass ich nie eine Figur wie Claudia Schiffer haben würde; die Maße der Models waren für mich indiskutabel, weil unerreichbar! Ich wollte weder hauptberuflich Model werden noch Schauspielerin, Moderatorin oder Ähnliches – ich musste mit meinem Körper kein Geld verdienen; ich stand nicht in der Öffentlichkeit. Kurzum, ich zählte zu der Kategorie normaler Menschen, wie man sie täglich auf der Straße trifft. Daher waren meine Wünsche auch überschaubar und nicht überzogen.

Ich wünschte mir lediglich, einfach eine Jeans tragen zu können, dazu eine weiße Bluse, die ich in die Hose stecken konnte – und das Ganze ohne Blazer, Jacke oder Weste. In diesem »Outfit« wollte ich dann einfach ganz »normal«

aussehen. Keiner sollte, wenn er mir nachschaute, denken: Bei der Figur hätte die mal lieber etwas Langes über ihren Hintern drüber ziehen sollen. Meine Figur sollte nicht der »Hingucker« im negativen Sinn sein. Wir wissen schließlich alle, wie schön es manchmal sein kann ab und an über andere herzuziehen oder zumindest bestimmte Makel wahrzunehmen. Kurz gesagt, ein wenig zu lästern. Diesem Spott wollte ich mich, wenn irgend möglich nicht aussetzen.

Maßnahmen zur Erreichung meiner Wünsche

Ich kann nachvollziehen, wenn Sie jetzt denken: Dann hätte sie doch Sport treiben sollen, oder: Wie wäre es denn mit einer Diät gewesen?

Glauben Sie mir – was Diäten angeht, so kannte ich damals fast alle, die auf dem Markt waren. Was habe ich nicht alles versucht!

Ich habe einige dieser so genannten Wunderdiäten, wie zum Beispiel die Kohlsuppendiät, gemacht, aber auch Diäten, die auf eine Ernährungsumstellung ausgerichtet sind. Ich habe gehungert, mich einseitig ernährt, fast ausschließlich Fett und Eiweiß zu mir genommen, ach richtig, Trennkost war auch dabei und natürlich die Umstellung auf fettarme Kost (Informationen zu Trennkost und Kohlsuppendiät erhalten Sie am Ende des Buches). Ich »diätete« was es so gab, rauf und wieder runter. Im Frühjahr, im Sommer, vor Weihnachten und natürlich danach, im Winter – eigentlich machte ich dauernd irgendeine Diät. Manchmal nahm ich erfolgreicher ab, manchmal nicht. Aber vor allem nahm ich nicht wieder außerplanmäßig zu (außer z.B. zu Weihnachten oder im Urlaub). Seit ich denken kann, musste ich auf mein Gewicht achten, neidisch auf diejenigen, die augenscheinlich den ganzen Tag nichts anderes taten als zu essen.

Aber was geschah, wenn eine Diät ausnahmsweise richtig gut funktionierte? Ich hatte einige oder auch viele Kilos verloren. Wo, an welchen Stellen? Am Bauch, an der Brust, im Gesicht, an den Armen. Erst dann folgten die Beine und der Po. Das Endergebnis war immer dasselbe. Die Proportionen passten nach wie vor nicht zueinander, da ich insgesamt schmaler geworden war. Die Diäten – so das Ergebnis – brachten angesichts meiner Problemzonen jedenfalls nicht den gewünschten Erfolg. Ob ich nun 50, 60 oder 70 Kilo wog (so hoch waren die Diskrepanzen natürlich nicht), in keiner »Gewichtsklasse« konnte ich je einen Hosenanzug finden, der auf Anhieb passte.

Kommen wir zum Thema Sport: Früher war ich eine so genannte Sportskanone. Ich hatte in der Schule Sport als Leistungsfach gewählt, spielte Volleyball, joggte und machte Hochleistungssport. Ich spielte sehr gut Badminton, mit Trainingseinheiten im Bundesleistungszentrum und so weiter. Ich war Mitglied im Fitnesscenter, wo ich selbstverständlich gezielte Übungen für meine Problemzonen machte. Natürlich besuchte ich auch solche Gruppenveranstaltungen wie »Bauch, Beine, Po«, »Bodystyling« und »Aerobic« (Näheres am Ende des Buches). Alles war darauf abgestellt, meine Problemzonen in den Griff zu bekommen.

Durch das viele Training wurde – oder blieb – mein Körper fest und stramm, bezüglich der Proportionen änderte sich jedoch nichts. Meine Silhouette blieb im Wesentlichen wie sie war – und meine »Reiterhosen« blieben mir natürlich auch erhalten!

Fazit: Auch nach der Absolvierung des genannten Sportprogramms konnte ich immer noch keinen gut sitzenden Hosenanzug kaufen. Es wäre ja auch zu schön gewesen.

Für mich war zu diesem Zeitpunkt entscheidend, auf dem Weg zu meiner persönlichen Wunschfigur keinen der konventionellen Wege unversucht gelassen zu haben. Diesen Vorwurf wollte und konnte ich mir ersparen. Gleichzeitig nahm ich dadurch auch anderen jede Legitimation, mir genau dieses vorwerfen zu können. Und darauf war und bin ich auch heute noch mächtig stolz! Allmählich fing ich an zu resignieren, obwohl ich eigentlich immer ein Kämpfertyp war. Geholfen hat mir das bei der Lösung meines eigentlichen Problems nicht.

Auswirkungen auf Job und Erfolg und das damit verbundene Selbstwertgefühl

In meinen Augen ist ein attraktives Äußeres oder ein Äußeres ohne deutlich erkennbaren Makel – gerade bei Frauen – maßgeblich am beruflichen Erfolg beteiligt. Meine Meinung: Was gut aussieht, lässt sich in der Regel besser, beziehungsweise einfacher verkaufen. Die Optik, also auch zwangsläufig der Körper, ist schließlich die »Tür« zur Gesellschaft – zumindest im ersten Schritt.

Seien wir doch einmal ehrlich. Haben wir nicht oft das Gefühl, dass attraktive Frauen schon in völlig belanglosen Situationen im täglichen Leben mehr »hofiert« werden oder mehr Aufmerksamkeit bekommen als zum Beispiel eine kleingewachsene, unscheinbare und übergewichtige 30-jährige Dame? Wem werden Türen aufgehalten, wem wird in den Mantel geholfen, wem wird ein Platz angeboten? Was denken Sie? Richtig! Hier haben die attraktiven Damen eindeutig den »Vortritt« oder die höhere »Ausbeute«. Da stellt sich die Frage ganz von alleine. Haben es Menschen, die optisch der gesellschaftlichen Norm entsprechen, im Leben oft einfacher? Der Schein trügt uns nicht, auch wenn wir dies nicht wahrhaben wollen, weil unsoziales Verhalten verpönt und gleichzeitig ungerecht ist. Und wer möchte sich schon mit solchen Attributen schmücken!

Betrachten wir einmal die berufliche Seite. Hier gibt es sicherlich Ausnahmen. Frauen, die sich trotz eines unscheinbaren und unattraktiven Äußeren durchsetzen konnten. Wir alle kennen Beispiele, etwa erfolgreiche Frauen in der Politik, um nur einen Berufszweig anzusprechen. Oft genug werden aber diese Damen gerade wegen ihres äußeren Erscheinungsbildes in den Medien »durch den Kakao gezogen«. Ein anderes Beispiel: Haben Sie schon einmal eine Dame mit extrem großen Brüsten in einer Führungsposition gesehen? Sicherlich selten. Ich denke, ich könnte hier noch einige Beispiele auflisten. Alles Punkte, über die man als Mitglied der Gesellschaft einmal ernsthaft nachdenken sollte.

Woran liegt es also, dass den alten Werten wie Charakter, Leistung, Qualität, Menschlichkeit und so weiter inzwischen weniger oder nur noch kaum Bedeutung eingeräumt wird? Ein bekannter Soziologe sagte einmal, dass die jungen Leute heute in ihrem Körper ein Mittel sähen, sich in der Gesellschaft zu platzieren. Dieser Meinung kann ich mich nur anschließen. Ich möchte nicht den Eindruck vermitteln, diese Entwicklung gutzuheißen. Aber ich denke, man kann an dieser gesellschaftlichen Entwicklung nicht einfach vorbeisehen.

Ist es nicht auch so, dass die Medien ein ideales Vehikel der öffentlichen Meinung sind und viele dort geäußerte Ansichten von den Menschen übernommen werden? Gibt es nicht diverse Studien, die dieses bestätigen? Schauen Sie sich im Fernsehen die Werbung für Parfüm oder für schicke Autos an. Man könnte annehmen, dass jeder Autofahrer oder Parfümbenutzer gut aussieht …

So drängt sich mir die Meinung förmlich auf, dass man heutzutage leichter Erfolg hat, wenn man attraktiv genug ist. Man muss sich gut »verkaufen« können, um einen guten Job zu bekommen. Ein Leitsatz der heutigen »Business-Generation«, den Sie quasi an jeder Ecke hören können. Oft, wenn überhaupt, bekommt man erst zu einem späteren Zeitpunkt die Gelegenheit, seine realen Qualitäten unter Beweis stellen zu können.

Bitte betrachten Sie meine Aussagen nicht als wertendes Urteil über einzelne Personen. Ich versuche nur, die Erfahrungen, die die vielen befragten Freunde, Bekannte und ich selbst gemacht hatten, an dieser Stelle aufzugreifen. Nach dieser Einschätzung würde die oben beschriebene, »festere Dame« mit großer Wahrscheinlichkeit erst gar nicht die Gelegenheit bekommen, ihr Können unter Beweis zu stellen, sofern potenzielle weitaus attraktivere Kandidaten mit gleichen Leistungen aufwarten könnten.

Dieses sind auch mit die Gründe, weshalb der Anspruch an mich selbst sehr hoch war. Jung und attraktiv auszusehen galt und gilt augenscheinlich als wichtig. Und außerdem: Wem schmeichelt es nicht, hofiert zu werden?

Eines stand fest, ich wollte meinem Problem entgehen, welches ich immer intensiver empfand. Ich wünschte mir, mit mir im Reinen zu sein, Voraussetzung dafür war für mich, mich von meinem Leidensdruck zu befreien. Das würde sicher schon für eine positivere Ausstrahlung sorgen, so hoffte ich. Hatte ich doch gelesen, dass, wer sich gut fühlt, dies auch ausstrahlt.

Der Entschluss und die Recherchen vor der Operation

Geteiltes Leid ist halbes Leid

Eines Abends traf ich mich mit meiner langjährigen und engen Freundin Melanie zum Kochen. Nach köstlichen Spaghetti all´ arrabbiata und zwei Flaschen Rotwein kam für mich die große Offenbarung. Melanie ist eine groß gewachsene und sehr schlanke Frau, eine Persönlichkeit mit sehr viel Charme. Eine, die einem den Eindruck vermittelt genau zu wissen, was sie will. Ich hatte sie immer dafür bewundert, wie sie mit ihrer wirklich beachtlich großen Hakennase umging – und nichts dagegen unternahm. In unserer 20-jährigen Freundschaft hatte sie mir und ihren anderen Freundinnen gegenüber nie offenbart, welch ein Problem sie mit ihrer Nase tatsächlich hatte. Sie schilderte mir, auf was sie alles über die Jahre hin geachtet hatte, zum Beispiel dass andere sie möglichst nicht im Profil anschauen konnten. So hielt sie an Ampeln nie parallel neben einem anderen Fahrzeug, sondern immer leicht nach hinten oder nach vorne versetzt; um nur eine Verhaltensart von vielen zu nennen.

Erst in diesem Gespräch kam zum Ausdruck, wie sehr meine Freundin seit vielen Jahren tatsächlich unter ihrer Nase litt. Ich konnte so richtig mitfühlen! Ich fasste mir ein Herz und erzählte ihr nun auch von meiner tiefgreifenden Unzufriedenheit bezüglich meiner Proportionen, den Empfindungen und den damit verbundenen Einschränkungen für mein Leben. Vom ständigen Versuch zu kaschieren, davon, im Sommer nicht mit Freunden und Bekannten zum Baden an den See zu fahren und so weiter und so fort. In ihr hatte ich eine Gleichgesinnte gefunden. Endlich fühlte ich mich ernsthaft verstanden. Sie konnte nachvollziehen, wie belastend meine Situation für mich war. Ich fühlte mich leichter. Es tat gut über alles offen sprechen zu können! Ich hatte eine Verbündete gefunden! Eine, die nicht nur so tat, als wüsste sie, wovon ich sprach, sondern deren Leidensdruck ebenso stark gewesen sein musste wie der meine. Man darf nie vergessen, dass es die ureigenen Empfindungen sind, die die tragende Rolle für einen spielen.

An diesem Abend teilte Melanie mir mit, dass sie sich zu einer Nasenkorrektur entschlossen hatte und sich bereits nach einem guten Chirurgen umschaute. Ich konnte es kaum glauben!
Zuvor hatte ich fälschlich angenommen, dass nur »andere« Schönheitsoperationen vornehmen ließen; Personen, die man nicht kennt oder solche, die in der Öffentlichkeit stehen, wie Schauspieler und Promis. Mit dieser Annahme stand ich übrigens nicht alleine da, wie sich später noch herausstellen sollte.
Auf jeden Fall hinterließ die Tatsache, dass sich eine meiner engsten Freundinnen einer Schönheitsoperation unterziehen wollte, bei mir tiefe Spuren. Ich gönnte es ihr, war aber gleichzeitig auch neidisch auf ihre Entschlusskraft. Und ich erkannte, dass Leute wie »du und ich«, die junge Frau von nebenan, die man im Treppenhaus traf, eine gute Bekannte, mit der man in die Kneipe ging, solche Operationen wagten. Damit hatte ich nicht gerechnet. Plötzlich traute ich es jedem zu; Menschen, von denen ich vorher behauptet hätte: der oder die? Nie!
Ich gebe es gerne zu: Die Entscheidung meiner Freundin veranlasste mich überhaupt erst dazu, mich selbst mit dem Gedanken an eine Schönheitsoperation – in meinem Fall

eine Liposuktion – zu beschäftigen. Wäre das nicht auch eine Möglichkeit für mich? Vielleicht DIE Lösung?

Einige Tage später erzählte ich meinem Mann bewusst beiläufig von dem Entschluss meiner Freundin (zuvor hatte ich sie um ihre Erlaubnis gebeten). Wenn ich ehrlich bin, wollte ich mich so bei ihm an dieses Thema herantasten. Wie würde er reagieren? Mit Verständnis? Sie für ihr Vorhaben verurteilen? Moralische und ethische Gründe vorbringen?

Ich war überrascht: Mein Mann reagierte auf dieses sensible Thema anders, als ich es erwartet hatte. Er zeigte Verständnis für die Entscheidung und lobte den Mut zu diesem Schritt. Dabei brachte er jedoch klar zum Ausdruck, dass er lediglich in den Fällen Verständnis aufbringen konnte, in denen ein sehr starker Leidensdruck bestand und es keine andere Möglichkeit gab, diesen zu verringern. Darin stimme ich ihm unbedingt zu. Ich hatte und habe kein Verständnis für die Einstellung von Teilen der jüngeren Generation, die sich vom so genannten Barbie-Syndrom anstecken und am eigenen Körper »herumbasteln« lässt, auch wenn keine gravierenden Abweichungen von der Norm erkennbar sind. Dahinter steht häufig der Wunsch, möglichst als Klon eines Popstars herumlaufen zu können und dadurch Erfolg zu haben oder Liebe zu finden. Solche Eingriffe stufe ich als äußerst bedenklich ein.

Zurück zu meinem Ehemann. Nun wusste ich jedenfalls, dass er kein absoluter Gegner von etwaigen Eingriffen war – hoffentlich nicht nur, sofern dieses Thema andere betraf ... Eine ehrliche Auffassung zu einem Thema zeigt sich ja häufig erst dann, wenn es die Menschen betrifft, die man sehr gut kennt oder die einem besonders nahe stehen. Und wenn wir ganz ehrlich sind, ein wenig in uns hineinhorchen, können wir uns sicherlich auch nicht ganz davon freisprechen. Auch, wenn wir es natürlich gerne täten.

An diesem und an den folgenden Tagen ließ ich mir noch nicht anmerken, dass ich mich seit dem Abend bei Melanie bereits gedanklich mit einer Fettabsaugung für meine Beine und meinen Po auseinander setzte.

Der Entschluss

Die Angst, mein Mann könne mich für absolut verrückt halten und ich bei ihm auf völliges Unverständnis stoßen, war letztlich nicht begründet. Ich wusste es nur noch nicht. Nichts konnte mich zu diesem Zeitpunkt dazu bringen, ihn zu fragen, was er wohl davon hielt, wenn ich – *seine Frau* – sich Fett absaugen ließe.

Doch eines Morgens – es war im Sommer, ich kam gerade aus der Dusche und überlegte, was ich wohl anziehen sollte – kam das Thema auf den Tisch. Wieder einmal hatte ich die Wahl zwischen einer langen, langweiligen Bluse oder einer Weste über meinem T-Shirt, und das an einem Sommertag, der sehr heiß zu werden versprach. Ich hätte am liebsten etwas Pfiffiges und Luftiges angezogen, ein enges kurzes T-Shirt etwa – ohne Weste. In diesem Augenblick kam mein Mann ins Schlafzimmer, wo ich unschlüssig vor den geöffneten Kleiderschrank stand. Er sah, wie unzufrieden und bedrückt ich war, nahm mich in die Arme und fragte mich doch tatsächlich, ob ich schon einmal darüber nachgedacht hätte, mir Fett absaugen zu lassen. Ich traute meinen Ohren nicht! Glaubte mich verhört zu haben!

»TÄGLICH!«, war meine spontane Antwort. Er war überrascht und gleichzeitig traurig, dass ich mich ihm nicht schon früher anvertraut hatte, er sehe doch, wie unglücklich ich sei. Ich schilderte ihm meine Bedenken und Ängste bezüglich seiner Reaktion zu diesem Thema. Auch er hatte mir mit dieser Frage nicht wehtun wollen. Er hatte Bedenken gehabt, ich könne ihn falsch verstehen. Er beteuerte mir, dass ich seinetwegen den Eingriff nicht vornehmen lassen müsste. Er liebe mich, wie ich sei. Diese Tatsache dürfe ich nicht in Frage stellen.

Über viele Jahre hatte er mitbekommen, was ich alles »veranstaltet« hatte, um meine Problemzonen in den Griff zu bekommen – leider vergeblich! Er würde einem solchen Eingriff zustimmen, wenn ich mir sicher sei, es ausschließlich für mich zu tun. Ich solle mich wohlfühlen und es solle mir gut gehen. Das sei das Wichtigste für ihn. Die Kosten seien kein Problem, die Hauptsache für ihn war es, einen vernünftigen Arzt zu finden, sollte ich mich zu einer Fettabsaugung tatsächlich entschließen. Er versicherte mir, dass er zu mir stünde – egal, wie auch immer meine Entscheidung aussähe. Glauben Sie mir, in diesem Moment war ich der glücklichste Mensch auf Erden!

Mehr Mut zu zweit

Tagelang konnte ich nach diesem Gespräch mit meinem Mann an nichts anderes denken als an eine mögliche Liposuktion an meinen Beinen und an meinem Po. Dieses Thema endlich offen mit meinem Mann besprochen zu haben, verschaffte mir im ersten Moment eine enorme Erleichterung. Gleichzeitig stellte ich mir jedoch immer wieder die Frage, ob man so in die von Gott gegebene Natur eingreifen durfte? Sollte ich nicht so sein, wie ich war? Gab es nicht einen Grund, warum gerade ich so gedacht war? Einige werden mir darin sicherlich beipflichten können – meine Gedanken verstehen können.

Nein! Mein Leidensdruck war zu groß! Ich litt zu sehr und das schon zu lange! Ich fühlte mich nicht wohl! Mein Selbstwertgefühl war stark angekratzt. Ich wollte die »Sache« unbedingt weiterverfolgen, zu bestimmend war das Problem mittlerweile für mich geworden.

In meiner Freundin Melanie fand ich die nötige mentale Unterstützung und Ansprache, die leider nicht jeder hat; auch sie fühlte sich durch meinen Entschluss bestärkt. Gegenseitig motivierten wir uns, das gewünschte Ziel weiter zu verfolgen, um dann endlich unser jeweiliges »geheimes Wunsch-Ich« zu realisieren. Nächtelang redeten wir über unser mögliches künftiges Aussehen und was uns das wohl bringen würde. Wir malten uns aus, wie wir uns uneingeschränkt und ungehemmt bewegen könnten und was wir dabei empfinden würden. Bei diesen Gesprächen spürten wir eine unendliche Leichtigkeit.

Dann tauschten wir uns über Fragen der Arztsuche, verschiedener Operationsmethoden und -techniken und ähnliche Dinge aus. Wir führten endlose Gespräche! Eine so »prekäre« Angelegenheit zu zweit angehen zu können, machte es für mich leichter. Gleichzeitig bestätigte es mich in meinem Tun und machte mir zusätzlich Mut.

Kosten – und wie finde ich den richtigen Arzt?

Ständig erörterte ich mit Melanie Möglichkeiten, die richtigen Ärzte für unsere Probleme zu finden. Zuerst dachten wir, es gäbe so etwas wie eine »schwarze Liste« mit Ärzten, die man unbedingt meiden müsste. So etwas existiert leider nicht, was ich persönlich sehr schade fand. Es wäre für uns wesentlich leichter gewesen, auf diese Weise die qualifizierteren Chirurgen auswählen zu können. Wie sollten wir Laien herausfinden, welche Ärzte gut sind, welche nicht? Schließlich gibt es heutzutage mehr als zehn oder zwanzig Plastische Chirurgen.

Zuerst lernten wir, dass es einen Unterschied zwischen der Ästhetisch-Plastischen Chirurgie und der Plastischen Chirurgie gibt. Die Plastische Chirurgie konzentriert sich auf die Korrektur und Wiederherstellung von Substanzdefekten und Funktionen. Die Ästhetisch-Plastische setzt sich zum Ziel, Altersveränderungen zu reduzieren oder, wenn möglich, mit dem Ergebnis zu beseitigen, dass man anschließend besser aussieht (Quellenangaben darüber finden Sie im hinteren Teil des Buches).

Für mich stand fest, dass ich auf gar keinen Fall zu einer Operation ins östliche Ausland gehen würde. Melanie war da absolut meiner Meinung. Auch für sie kam ein Eingriff im Ausland nicht in Frage.

Für eine Operation im Ausland sprechen die – im Vergleich zu Deutschland – in der Regel wesentlich kostengünstigeren Eingriffe. Sicherlich gibt es auch außerhalb Deutschlands phantastische Ärzte. Von hier aus ist es jedoch äußerst schwierig, Chirurgen mit besonderen Qualifikationen zu recherchieren und ausfindig zu machen. Gegen eine Operation im Ausland spricht auch häufig das Verständigungsproblem, außerdem die im Ausland vielfach anderen vertraglichen und rechtlichen Bedingungen im Gegensatz zu den »Verträgen« und Vereinbarungen in Deutschland. Selbst hier, in Deutschland, hat man es als Patient schwer genug, sollte etwas nicht ganz optimal verlaufen, was leider nie gänzlich auszuschließen ist. Weiterhin ist die Nachsorge im Ausland aufwändiger (lange Anfahrtswege, Hotelkosten usw.). Denn – das werden Sie später noch erfahren – mit einer gelungenen Operation allein ist es nicht getan. Im Falle eines missglückten Eingriffs, so meine Überlegung, wäre es im Ausland ungleich schwieriger, einen Ausgleich zu erhalten oder eine kostenlose gute Nachkorrektur.

Nichtsdestotrotz, vor »Scharlatanen« ist man leider nirgends geschützt, auch nicht in Deutschland. Diese Tatsache machte es uns nicht leichter, für jeden den geeigneten und guten Arzt, beziehungsweise Plastischen Chirurgen zu finden. Ich würde generell empfehlen, immer nach einen Facharzt für Plastische Chirurgie Ausschau zu halten! Fachärzte sind in der Regel in ihrem Gebiet die besser ausgebildeten Ärzte!

Wir waren der Meinung, dass bestimmte Ärzte sicherlich Koryphäen für bestimmte Spezialbereiche, wie zum Beispiel Fettabsaugung an Bauch, Beinen, Po oder Brustvergrößerung bzw. Verkleinerung oder Face-Lifting, Nasen- und Lidkorrekturen sind. Ich zumindest konnte mir nicht vorstellen, dass ein Arzt, der Nasen gut korrigieren kann, ebensogut Fett absaugt oder Brüste verkleinert. Melanie und ich wollten für unsere individuellen Probleme die jeweiligen Spezialisten finden.

Wie ich schon sagte: »schwarze Listen« gab es nicht. Wir mussten uns also auf andere Quellen verlassen. Immer häufiger wurden im Fernsehen Reportagen ausgestrahlt, in denen verschiedenste Schönheitsoperationen gezeigt wurden. Gerne wurden hier Fachärzte für Plastische Chirurgie genannt, die sich im Anschluss an einen Eingriff häufig auch kritischen Fragen stellten und diese beantworteten.

Wenn man Glück hatte, fand man auf einem Kanal (nach unseren Erfahrungen zumeist in den Regionalprogrammen) eine Gesprächsrunde, in denen sich Fachärzte für Plastische Chirurgie zur Diskussion stellten und Rede und Antwort standen. Wir gingen davon aus, dass in diese Runden nur wirklich angesehene Ärzte eingeladen wurden. Meist konnte man hinterher über den Sender erfahren, in welcher Stadt dieser oder jener Chirurg tätig war und so Kontakt mit seiner Praxis aufnehmen, um weitere Details vorab für sich zu klären.

Eine zusätzliche, und wie ich fand sehr gute, zweite Quelle waren hochwertige Nachrichtenmagazine, in denen Themen wie Schönheitsoperationen manchmal aufgegriffen wurden. Hier konnten wir recht gut recherchieren und fanden oft gute Tipps. Aufgeführt waren Spezialisten mit ihren Fachgebieten oder die Listen waren geordnet nach Städten und dann nach den unterschiedlichen Eingriffsarten. Da wir zu zweit waren und unsere Informationen regelmäßig austauschten, konnten wir viel Zeit sparen. Ich glaube, wir waren ein gutes Team, das sich gegenseitig ergänzte.

Nach etwa zwei Monaten standen fünf Ärzte auf meiner Liste. Als Nächstes recherchierte ich im Internet. Ich suchte nach allem, was ich über sie finden konnte. Drei blieben bei mir übrig, bei Melanie letzten Endes zwei, die für sie in Frage kamen. Ich kann mir jetzt vorstellen, dass Sie meine Vorgehensweise als recht kompliziert erachten. Aber ist es nicht so, dass ich mein höchstes Gut, letztlich mein Leben und meine Gesundheit, in die Hände eines Arztes meiner Wahl gab – für eine Operation, die nicht zwingend lebensnotwendig war?

Melanie und ich wollten alle kalkulierbaren Risiken, sofern dieses möglich war, vorab ausschließen. Und dieses wiederum bedeutete unweigerlich die Wahl eines exzellenten Arztes. Mir war natürlich bewusst, dass es eine Garantie für eine erfolgreiche und komplikationslose Operation nie gab oder geben wird. Aber ich wollte alles tun, um mir im Nachhinein nichts vorwerfen zu müssen, nach dem Motto: »hätte ich doch nur …«

Bei der Auswahl der drei Ärzte, mit denen ich einen Termin vereinbaren wollte, spielten für mich weder die Entfernung noch die im Internet oder in den Nachrichtenmagazinen angegebenen Preise eine Rolle. Diese Preise waren in der Regel nur Richtwerte, da jeder Eingriff letztendlich ein individueller Eingriff ist und die exakten Kosten in einem

Gespräch genau definiert werden müssen. Auf keinen Fall wollte ich an Kosten oder an Aufwand wie Fahrzeiten und Ähnlichem sparen.

Erste Beratungsgespräche: Möglichkeiten, Methoden, Techniken

Es war so weit, die Vorauswahl war beendet. Nichts wie ans Telefon und meine drei auserwählten Ärzte anrufen, um möglichst schnell Beratungstermine zu vereinbaren. Lieber heute als morgen hätte ich den ersten Termin wahrgenommen. Aber da erlag ich einem Trugschluss. Keiner der drei Ärzte konnte mir innerhalb der nächsten acht Wochen einen Termin für ein Beratungsgespräch anbieten. Immerhin bekam ich innerhalb der folgenden drei Monate bei allen »meinen« Ärzten einen Termin. Ich wollte auf jeden Fall alle drei Termine wahrnehmen, um mich zu informieren und optimal beraten zu lassen. Danach wollte ich mich in Ruhe endgültig für oder gegen eine Fettabsaugung entscheiden. Gleichzeitig konnte ich abwägen, welcher Arzt für mich in Frage kam und welcher nicht. Melanies Vorgehensweise glich der meinen. Nur so hatten wir bereits im Vorfeld direkte und reale Vergleichsmöglichkeiten.

In allen Fällen machten die Sprechstundenhilfen uns darauf aufmerksam, dass für die Beratungsgespräche Kosten anfallen würden. Im Durchschnitt lagen diese etwa bei 100 Euro, damals rund 200 DM. Die jeweilige Summe sollte mit der Operation verrechnet werden, sofern man sich in der jeweiligen Praxis zu dem Eingriff entschied. Diese Kosten nahmen wir gerne in Kauf. Ich würde Ihnen immer empfehlen, vor einer solch schwerwiegenden Entscheidung zumindest zwei Ärzte zu konsultieren! Sie glauben gar nicht, welch unterschiedliche

Erfahrungen ich gemacht habe und wie gegenteilig die Informationen waren, die ich erhielt!

Grundsätzlich lässt Fett sich in folgenden Bereichen absaugen (diese Liste ergab sich durch die Informationen bei den Ärzten und aus entsprechender Literatur):

- Doppelkinn, Hals, Wangen
- Oberarme, Unterarme
- männliche Brust
- Oberbauch, Unterbauch
- Hüfte, Gesäß
- Rücken
- Oberschenkelaußenseite, Oberschenkelinnenseite
- Oberschenkelvorderseite, Oberschenkelrückseite
- Unterschenkel
- Knieaußenseite, Knieinnenseite
- Knöchel und Fesseln

Da staunte ich nicht schlecht! Die Möglichkeiten waren fast unerschöpflich! Wobei, wie mir die Ärzte mitteilten, einige Zonen eher »leicht« zu bearbeiten, andere wiederum »schwierig« zu behandeln seien. Alle Ärzte, die ich aufsuchte, sagten, dass Liposuktionen zur Modellierung des Körpers dienten, es aber unmöglich sei, Dicke dünn zu machen. Das Fettabsaugen kann also auch keine Diät ersetzen oder erhebliches Übergewicht reduzieren. Hier müssten andere Maßnahmen ergriffen werden. Dick in dem Sinne war ich – Gott sei Dank – nicht. In diesem Fall hätte ich zuerst einmal eine Diät machen oder gar eine Magenverkleinerung über mich ergehen lassen müssen, wenn nichts anderes mehr geholfen hätte. Außerdem, so erfuhr ich, gab es Grenzen dessen, was bei einer Liposuktion (in Litern) abgesaugt werden könne. Man dürfe auf keinen Fall vergessen, dass ein solcher Eingriff Kreislauf und Körper stark belasten würde! Keinesfalls dürfe man zusätzlich außer Acht lassen, dass jede Art von Betäubung quasi Nervengift sei und angeblich auch Gehirnzellen abtötete (was nicht unbedingt zu einer verbesserten Intelligenz führen würde, dachte ich mir). Nun, darüber hatte ich mir noch keine besonders intensiven Gedanken gemacht. Eigentlich wollte ich das auch gar nicht, wenn ich ehrlich zu mir selbst war und in mich hineinhorchte. Bei diesem Thema bekam ich es ganz gut hin, ihm nicht sonderlich viel Beachtung zu schenken.

Zurück zu den drei von mir ausgesuchten Ärzten. Es waren allesamt Fachärzte für Plastische Chirurgie. Jeder von Ihnen zeigte mir im Beratungsgespräch eine andere Möglichkeit auf.

Der Arzt, den ich zuerst aufsuchte, plante bei mir einen etwa vier- bis fünfstündigen Eingriff. (Augenscheinlich gab es bei mir viel zu tun …)

Er schlug mir die Technik der *Tumeszenz-Liposuktion* vor. Das Gewebe könne dabei, so seine Auskunft, feiner bearbeitet werden. Etwa eine Stunde vor Beginn der Absaugung würde das Gewebe mit Flüssigkeit sozusagen »aufgepumpt« (infudiert). Durch kleine Schnitte würde er Kanülen einführen, durch die Flüssigkeit geleitet würde. Die Menge der Flüssigkeit ergäbe sich aus der jeweiligen Körperregion und der Menge an Fett, die es abzusaugen galt. Manchmal sei es bis zu dreimal so viel Flüssigkeit, wie das zu entfernende Fett. Bei der Flüssigkeit handele es sich um eine Mischung aus physiologischer Kochsalzlösung, einem lokal wirkenden Betäubungsmittel und Adrenalin oder äquivalenten Mitteln. Die infundierte Flüssigkeit würde das Fettgewebe aufweichen, so dass eine leichtere Entfernung der Fettzellen ermöglicht und der Blutverlust minimiert würde. Gleichzeitig biete die Flüssigkeit durch das Betäubungsmittel während und nach der

Operation eine zusätzliche örtliche Betäubung (Quellenangaben finden Sie am Ende des Buches). Diese Operation sollte nur unter örtlicher Betäubung stattfinden, was nach meinen Recherchen durchaus nicht unüblich war. Aufgrund der bei dieser Methode verhältnismäßig langen Dauer des Eingriffs, empfand ich es als nachteilig, keine Vollnarkose zu erhalten. Ich konnte mir nicht vorstellen, einen solchen Eingriff vier bis fünf Stunden »live« zu erleben. Die Bilder, die ich vor mir hatte (aus vielen Fernsehreportagen) zeigten, dass man nicht nur ruhig da lag, sondern »gedreht« und »gewendet« wurde, um an die zu bearbeitenden Zonen optimal heranzukommen. Sie dürfen mich ruhig für einen Feigling halten – ich war auf eventuelle weitere Möglichkeiten gespannt!

Obwohl ich den Arzt sympathisch fand und er mir bestätigte, die meisten meiner Wünsche realisieren zu können, konnte ich mich nicht für ihn entscheiden. Aufgepumpt zu werden und meine Haut über den Schenkeln so zu spannen, war eine Vorstellung, die ich nicht weiterfolgen wollte. Auch hatte ich den Eindruck, dass dieser Arzt nicht sonderlich auf meine persönlichen Wünsche einging. Eine Vollnarkose lehnte er durchweg ab – obwohl sie möglich und nichts Ungewöhnliches gewesen wäre. Medizinisch war das einleuchtend – aber trotzdem nichts für mich! Jeder muss für sich entscheiden, was er sich zumuten möchte.

Als Nächstes konsultierte ich eine Fachärztin für Plastische Chirurgie. Von Frau zu Frau erhoffte ich mir besonderes Verständnis. Aber bei diesem Beratungsgespräch wurde ich sogleich eines Besseren belehrt. Eine piekfein gekleidete, attraktive und sehr schlanke Dame saß mir in einem großen, modernen und gleichzeitig geschmackvollen Sprechzimmer gegenüber. Ich gebe zu, sie machte auf mich sofort einen äußerst arroganten Eindruck. Aber ich entschied mich, ihr dennoch von meinem Problem zu erzählen, das mir in diesem Moment doppelt unangenehm war – sah doch mein Gegenüber einfach perfekt aus.

Was ich dort erlebt habe, glauben Sie mir bestimmt nicht – oder Sie halten es für völlig übertrieben!

Nachdem ich mein Anliegen hervorgebracht hatte, forderte mich die Ärztin auf, doch mal eben meine Hosen »runter zu lassen«. Sie wollte sich kurz ein Bild machen. Meine Schuhe sollte ich dabei ruhig anbehalten. Die Wand oder Kabine, hinter der man sich üblicherweise entkleiden durfte, um den Intimbereich des Patienten ein wenig zu schützen, wurde mir nicht angeboten. Sie können sich nicht vorstellen, wie ich mir vorgekommen bin! Hochpeinlich war mir die Situation! Mitten in ihrem Sprechzimmer stand ich mit heruntergelassenen Hosen vor ihr. Ich hatte das Gefühl, dass ihr Blick mich durchbohrte und an Missbilligung nichts verbarg! Nun gut. Mich tröstete in diesem Augenblick nur folgender Gedanke: Hätte ich kein Problem, wäre ich schließlich auch nicht bei ihr gelandet. Waren Menschen wie ich nicht ihre indirekten »Arbeitgeber« und »Finanziers«? Ob sie sich dessen in diesem Augenblick wohl bewusst war?

Mit übereinander geschlagenen Beinen musterte sie mich nun ganz genau, rollte mit ihrem Stuhl näher an mich heran, um mir dann die Möglichkeiten kundzutun.

Sie wollte ebenfalls die bereits erwähnte *Tumeszenz-Technik* anwenden. Teilte mir aber sogleich mit, dass bei meinen Knien wohl kaum etwas zu machen sei. Ich traute meinen Ohren nicht. Hatte ich sie richtig verstanden? Hatte ich bei meinem ersten Gespräch nicht etwas ganz anderes gehört? Da hätte man sehr wohl etwas an meinen Knien machen können – so wurde es mir jedenfalls in Aussicht gestellt. Die Ärztin betrachtete mich noch eine Weile und gab mir dabei das Gefühl, mich so »unästhetisch« zu finden, dass sie gar keine Lust habe, mir zu helfen. So kam es mir jedenfalls vor – entsprechend war mir zumute.

Trotzdem wollte ich wissen, was ein von ihr durchgeführter Eingriff ungefähr kosten würde. Außerdem bat ich sie um Vorher-Nachher-Fotos und fragte nach den Risiken. In einer »Abhandlung« klärte sie mich unter anderem darüber auf, dass ich von Nadja Auermanns Beinen weit entfernt sei – als wenn ich das nicht selbst wüsste!

Wie schon gesagt, meine Knie hielt sie für nur geringfügig korrigierbar, wenn, müsse ich mit großen Unebenheiten (Dellen) rechnen. Aus derlei Gründen würde sie unbedingt davon abraten die Knie zu bearbeiten. Sie erzählte von der möglichen Unverträglichkeit der Tumeszenzlösung und Reaktionen wie Juckreiz, Ausschlag, Atemnot, Übelkeit oder Kreislaufproblemen und nannte mir Literatur zum Nachlesen. Sie machte mich auf mögliche Taubheitsgefühle und Schwellungen in den zu bearbeitenden Bereichen aufmerksam. Auch ließ sie mich Vorher-Nachher-Fotos ansehen, um zu zeigen, wie sie anderen hatte helfen können. Aber sie machte sich nicht die Mühe, mir eine Kostenrechnung zu unterbreiten – weder als ich bei ihr war noch per Post im Nachhinein. Sie veranschlagte lediglich, dass ich je nach Aufwand circa mit 11.500 DM zuzüglich Anästhesie rechnen müsse. Sollte ich mich für sie entscheiden, würde sie näher auf die Kosten eingehen, falls nicht, habe sie sich die Arbeit gespart.

Zu der Dame hatte ich kein Vertrauen, ich mochte sie nicht, fand sie arrogant und fühlte mich nicht gut aufgehoben. Auch, wenn sie mir eine Vollnarkose anbot mit einem Klinikaufenthalt von zwei Nächten. Nein, das war auch nicht das Richtige für mich!

Ich kann schon vorweg nehmen, dass der dritte Facharzt für Plastische Chirurgie mein Arzt war! Im Gegensatz zur oben genannten Ärztin fühlte ich mich bei ihm sofort wohl. Ich fühlte mich verstanden, aufgehoben und gut beraten. Aber ich möchte der Reihe nach erzählen, weshalb ich mir genau diesen Chirurgen aussuchte. Bedenken Sie, dass Ihnen durchaus andere Dinge wichtiger erscheinen können als mir.

Ich schilderte ihm ausführlich mein Problem und beschrieb ihm, wie sehr ich darunter litt und warum. Ich beschönigte nichts. Zurückhaltung ist hier in Ihrem eigenen Interesse nicht gefragt! Er folgte ruhig und mit interessiertem und offenem Blick meinen Schilderungen. Er bat mich, meine Beine in einem leicht separierten Raum freizumachen. Natürlich kommt man sich immer ein wenig komisch vor, jemand anderem genau seine Schwachstellen zeigen zu müssen, die Stellen, die man sonst mit allen Mitteln zu verbergen versucht.

Er nahm sich viel Zeit bei der Untersuchung meines Gewebes, der Form meiner Beine, meines Körperbaus beziehungsweise meiner Statur und meiner Silhouette. Ohne Umschweife fragte er mich, wie ehrlich er zu mir sein dürfe. Ich bat ihn um absolute Offenheit, ohne Rücksicht darauf, dass dies wehtun könne. Sachlich stellte er fest, dass ich extrem schwaches Bindegewebe habe und meine Proportionen in Sinne der allgemein ästhetischen Sichtweise nicht zueinander passten. Er bestätigte mir somit genau das, was meinen großen Leidensdruck all die Jahre ausgemacht hatte. Zumindest hatte ich jetzt die Bestätigung, mir nicht alles nur eingeredet zu haben. Wenn ich mir einige Kandidaten ansah, die sich »im« Fernsehen Fett absaugen ließen, musste ich oft suchen, wo genau es sein sollte.

Der Arzt stellte fest, dass bei mir eine Menge getan werden könnte. Er schlug mir die *saug-assistierte Liposuktion* vor. Bei dieser Methode werden die Fettzellen durch rein mechanische Bewegungen mit zwei bis vier mm dicken Kanülen durch kleine Schnitte (Öffnungen) aus dem Körper entfernt. Der Plastische Chirurg kann die Absaugung der Fettzellen dabei optimal steuern. Dr. Nathrath, so hieß der Arzt meiner Wahl, wollte auch die Unterhaut im Oberschenkel »aufrauen«, so dass diese sich durch kleine Vernarbungen zusammenziehen beziehungsweise zusammenwachsen würde – alles natürlich unter der Hautoberfläche. Durch dieses Verfahren würde die Oberhaut ein glatteres Bild bekommen. Er arbeite bei dem Eingriff üblicherweise mit drei unterschiedlichen Kanülen: einer Vibrationskanüle, einer Saugkanüle und einer Kanüle, deren Ende sozusagen einen »Aufraueffekt« habe (es handelte sich um eine Kombination von Tumeszenzanästhesie und allgemeiner Narkose; zusätzliche Quellenangaben am Ende des Buches). Das sei ein Vorteil, wenn es sich um eine größere Menge an Fettzellen handele, die abgesaugt werden sollte. Er ließ mich aber auch wissen, dass er mir keine Model-Beine zaubern könnte. Er könne nur versuchen, das Optimale aus meinen Beinen »herauszuholen« – im wahrsten Sinne des Wortes.

Explizit sprach ich ihn auf meine Knie an, die es mir – so mein eigenes Urteil – bisher unmöglich gemacht hatten, kniefreie Röcke zu tragen. Man stelle sich auf der Knieinnenseite direkt über dem Knie eine Wulst vor … Ich wollte diesen Anblick weder mir selbst noch anderen zumuten. Aber auch da, so versprach er mir, sei eine sichtbare optische Verbesserung möglich. Ich war in diesem Moment überglücklich! Können Sie sich vorstellen, wie es sich anfühlt, in Aussicht gestellt zu bekommen, eines Ihrer größten Probleme beseitigen zu können, sich davon endlich zu entledigen? Ein Traum! Ein gutes Gefühl! Das können Sie mir uneingeschränkt glauben.

Ein wenig »schockierte« mich dann aber seine Feststellung, dass er bei mir sehr viel Potenzial zur Verbesserung meiner Proportionen sähe. Sie wissen wie das ist, man verlangt von jemandem Ehrlichkeit; ist er es dann, tut es häufig weh. Na ja, ich hatte ihn ja schließlich ausdrücklich um absolute Offenheit gebeten. Das, was vorhanden war, war augenscheinlich so unmöglich, dass mir gute Verbesserungen in Aussicht gestellt wurden. Und genau dies war ja im Grunde mein Ziel. Also sollte ich mich freuen über so viel

»positiven« Zuspruch! Ich brauchte nur einen Moment, um zu realisieren, dass er wirklich etwas Gravierendes ändern könnte. Eigentlich hatte ich gehofft so etwas zu hören – meine Emotionen schlugen Purzelbäume. Knie, Schenkelaußenseiten, Schenkelinnenseiten, Schenkel vorne, Po und Hüften! Es gab an meinen Beinen nichts, was nicht verbessert werden könnte, zumindest im oberen Bereich.

Ich fragte ihn dann, ob wir nicht einfach eine Pauschale vereinbaren könnten. Er warf mir einen Blick zu, als habe er sich verhört. Offenherzig teilte ich ihm mit, dass meine Mutter die Idee gehabt hatte, nach einem »Pauschalarrangement« zu fragen. So etwas hatte er wohl noch nie gehört und konnte kaum glauben, dass eine Mutter ihrer Tochter solche Vorschläge mit auf den Weg gab. Er amüsierte sich wohl auch ein wenig darüber.

Wie Sie sicherlich wissen, sind die Preise für die einzelnen Eingriffe in der Regel relativ festgelegt, jedenfalls kann man sie in den entsprechenden Fachzeitschriften und Nachrichtenmagazinen nachlesen. Ich rechnete also insgeheim zusammen. Die Zahlen schwirrten nur so in meinem Hirn umher. Oh Gott! Ich würde arm wie eine Kirchenmaus werden! Aber das war mir egal. Es sollte an nichts fehlen.

Ich kann Ihnen nur den Tipp geben: Sprechen Sie offen mit Ihrem Arzt, haken Sie bei diversen Kosten nach. So können Sie sich bestimmt auch mit dem Arzt Ihrer Wahl einigen.

Ich bekam von ihm ein faires Angebot, in dem genau festgelegt war, welche Bereiche bei der Fettabsaugung bearbeitet werden sollten. Als da waren: Knieinnenseite, Oberschenkel innen, außen und vorne, Hintern und ein wenig die Hüften. Da es sich in allen Bereichen um mehr als ein paar Gramm handeln sollte, konnte er mir leider nicht zusagen, alles innerhalb eines Eingriffes verwirklichen zu können. Das könne er erst während der Operation, die unter Vollnarkose stattfinden solle, entscheiden. Es hinge davon ab, wie ich die Narkose vertragen würde, wie der Kreislauf währenddessen funktionieren würde und vieles mehr. Nur wenn alles optimal verlaufen würde, so versicherte er mir, könne er alles auf einmal schaffen. Einen »Abbruch« müsse ich gegebenenfalls in Kauf nehmen, denn die Gesundheit seiner Patienten habe oberste Priorität. Er versprach mir aber, bis an die Grenze des Machbaren zu gehen, ohne dabei ein Risiko für meine Gesundheit einzugehen. Für mich hieß das: Ich musste diesem Arzt vertrauen, dass er wirklich alles versuchen würde. Denn letztlich wäre eine weitere Operation ein weiteres Geschäft für ihn ...

Sollte es während der Operation Probleme geben und der angedachte Eingriff nicht planmäßig und vollständig durchgeführt werden können, erklärte er sich bereit, zu einer relativ geringen Pauschale, die ebenfalls im Leistungsumfang genau definiert wurde, zu einem späteren Zeitpunkt einen weiteren Eingriff vorzunehmen.

Aber nur, falls ich es dann noch für erforderlich hielt. Alles in allem konnte man nicht von einem »Schnäppchen-Preis« reden, aber das Angebot war nach meinem Ermessen fair und ich hatte das Gefühl: Hier ist jemand, der dir wirklich helfen will.

Dann legten wir fest, in welcher Reihenfolge die einzelnen Bereiche behandelt werden sollten: Zuerst wollte ich mich meiner »Reiterhosen«, also der Schenkelaußenseiten entledigen, dann sollten Oberschenkel-Innen und -Oberseiten an die Reihe kommen, als Nächstes die Hüften folgen und schlussendlich die Knie. Erst nach dem Eingriff würde ich erfahren, was alles behandelt werden konnte.

Die Kosten für die beiden Varianten – also die Operation aller Bereiche bzw. die Operation mit nachträglichem zweiten Eingriff – schlüsselte er mir bis ins Detail auf. So gehörten zum Beispiel die Aufenthaltskosten für eine Nacht in der Klinik dazu, die Anästhesiekosten, die Kosten für ein Mieder, das ich nach dem Eingriff sechs Wochen lang würde tragen müssen und natürlich seine individuelle Vergütung. Etwa 11.000 DM musste ich für den ersten Eingriff kalkulieren, sollte alles bearbeitet werden können.

Dann fragte ich ihn nach Vorher-Nachher-Fotos. War es nicht so, dass die Fachärzte für Plastische Chirurgie und auch ganze Kliniken in den Fachzeitschriften mit solchen Fotos für sich warben? Dr. Nathrath hingegen wollte mir keine Fotos zeigen, was mich im ersten Moment doch ein wenig irritierte. Schließlich, so sagte er, seien es nicht meine Beine, die er mir zeigen würde. Jeder Mensch sei ein Individuum und deshalb mit anderen nicht vergleichbar. Es würde mir nichts nützen, wenn er mir die Beine anderer zeigen würde. Jedes Bein sei anders in Form, Länge, Gewebestruktur – das unliebsame Thema der Cellulite, die Beschaffenheit der Muskeln und so weiter. Er könnte mir doch nur Bilder zeigen, die nicht unmittelbar mich selbst beträfen. Ich würde auch nicht prüfen können, ob tatsächlich er selbst diese Fettabsaugungen eigenhändig durchgeführt habe. Ich würde lediglich davon ausgehen oder ihm glauben müssen.

Gegen so viel Selbstbewusstsein, ja, fast schon »Angriffslust« war ich nicht gewappnet. Aber ich muss zugeben: Es imponierte mir. Augenscheinlich hatte dieser Facharzt für Plastische Chirurgie es nicht nötig, für sich die Werbetrommel zu »rühren«.

Erst viel später erfuhr ich, dass auch die so genannte Society von München gerne zu ihm ging. Und zu einem späteren Zeitpunkt sah ich ihn in einer Diskussionsrunde im Fernsehen (Bayern III).

Als ich ihn fragte, wie viele Fettabsaugungen er jährlich durchführe, staunte ich nicht schlecht: etwa dreihundert im

Jahr! Realistisch betrachtet bedeutete das mehr als eine Liposuktion pro Arbeitstag! Meine Überraschung amüsierte ihn ein wenig und der Bann war schließlich endgültig gebrochen. Er bot mir noch an, mit ehemaligen Patientinnen zu sprechen, falls ich das wolle. Seine Sprechstundenhilfe könne mir mit Telefonnummern von Ansprechpartnerinnen behilflich sein. Es gäbe Referenz-Patientinnen, die bereit seien, detaillierte Auskunft über ihre eigenen Erfahrungen zu geben. Ich fühlte mich mittlerweile ausgesprochen gut aufgehoben bei ihm. Eine sehr wichtige Basis für mich war, dass ich ihm vertraute, sodass ich diese Möglichkeiten gar nicht mehr für mich nutzte.

Natürlich klärte er mich noch über alle erdenklichen Risiken und möglichen Nebenwirkungen auf. Die waren mir bereits aus den anderen Beratungsgesprächen bekannt. Wir verabschiedeten uns und er bat mich, mir in aller Ruhe zu überlegen, ob ich einen Termin für eine Fettabsaugung vereinbaren wolle. Der Vorlauf für den Eingriff liege wieder bei etwa drei Monaten. Sollte ich Fragen haben, könne ich jederzeit anrufen oder einen weiteren Termin vereinbaren. Dieser sei auf jeden Fall notwendig, sollte ich mich für diesen Eingriff entscheiden. Wichtige Details und alle offenen Fragen müssten vorab geklärt werden.

Beschwingt und guter Dinge verließ ich die Praxis. Ich fühlte mich ein wenig wie in Trance. Alles, was für mich im Moment wichtig gewesen war, hatte ich erfahren. Und das Allerwichtigste: Er hatte mir in Aussicht gestellt, mir bei all meinen Problemzonen helfen zu können und zwar mit einer Vollnarkose! Dieses Resultat eines Gespräches hatte ich mir so sehr gewünscht. Und – er war mir sehr sympathisch, ich fühlte mich wohl und aufgehoben in seiner Gegenwart. Innerlich gestärkt und motiviert machte ich mich auf den Heimweg.

Entscheidung, trotz Selbstzweifel

Wenn Sie nun denken, dass ich sofort nach Hause gestürzt bin und den Terminkalender gezückt habe, um nach einem möglichen Termin Ausschau zu halten und diesen festzuhalten, dann haben Sie sich getäuscht. Die anfängliche Euphorie wich bereits auf dem Heimweg den ersten Zweifeln. Zweifel, die mich in den nächsten Wochen noch weiter begleiteten sollten und in den auch ein bisschen Aberglaube steckte. War es tatsächlich richtig, so in die Natur eingreifen zu wollen? Konnte ich es ethisch und moralisch vertreten, einen Eingriff vornehmen zu lassen, der nicht lebensnotwendig war? Konnte man in anderen Teilen der Welt mit dem Geld, das dieser Eingriff kosten würde, nicht wesentlich sinnvollere und wichtigere Dinge bewegen? Würde ich dafür irgendwann »bestraft« werden? Nicht, dass ich mich nicht bereits zu einem früheren Zeitpunkt mit diesen Fragen beschäftigt hätte. Aber damals ließen sich die Antworten darauf noch verdrängen, waren nicht relevant. Nun schien es jedoch langsam ernst zu werden und damit änderte sich die Situation für mich. Meine Gedanken kreisten oft um diese Probleme. Und ich fragte mich, ob ich die Antworten darauf überhaupt finden wollte.

Dazu kam natürlich noch das eigentliche Operationsrisiko. Jeder Eingriff birgt auch Gefahren. Was, wenn bei der Narkose etwas schief laufen würde? Auch wenn diese Gefahr im 20. Jahrhundert relativ gering war. Ich hatte Angst davor, dass der Eingriff missglücken könnte und ich sehr viele Narben davon tragen würde – oder schlimmer noch, dass die Oberschenkel taub werden könnten. Dies könnte passieren, sollten Muskeln und Nerven in Mitleidenschaft gezogen werden. All diese Punkte gingen mir durch den Kopf. Unweigerlich musste ich mich fragen, ob es für mich persönlich schlimmer werden konnte als ich meinen damaligen Zustand empfand.

Nein, wohl kaum, denn sonst wäre ich nicht schon so weit gegangen!

Diese Fragen und Zweifel beschäftigten mich in der folgenden Zeit immer und immer wieder. Auch die vielen Gespräche mit meinem Mann konnten mich nur bedingt beruhigen. Melanie war da anders. Was sie wollte, das machte sie. Sie war nicht diejenige, die weiter in sich drang, um Fragen auf den Grund zu gehen; Fragen, die zusätzliche Probleme hätten aufwerfen können. So war ich mit diesen Gedanken alleine auf mich gestellt. Ich musste versuchen, mit mir selbst ins Reine zu kommen. Nur ich konnte in letzter Instanz die Verantwortung übernehmen und eine Entscheidung treffen. Melanie und meinem Mann muss ich sehr zugute halten – und ich bin ihnen sehr dankbar dafür –, dass sie zu keinem Zeitpunkt versuchten, meine Entscheidung zu beeinflussen. Beide nahmen sich immer wieder Zeit für mich, um das ganze »Wenn und Aber« zu diskutieren. Bestimmt bin ich ihnen seinerzeit sehr oft auf die Nerven gegangen. Aber sie ließen sich nichts anmerken und hörten mir stets geduldig zu. Letztlich konnte wohl nur mein Mann nachvollziehen, welche inneren Kämpfe tatsächlich in mir abliefen. Wahrscheinlich lagen diese vielen Vorbehalte und zwiespältigen Gefühle daran, dass ich weder ein leichtfertiger noch ein oberflächlicher Mensch bin, sondern alles gerne hinterfragte.

Ich hatte mich entschieden. Der Kopf sagte im Gegensatz zum Bauchgefühl ja. Ich wollte einen Operationstermin vereinbaren. Ich wollte mich darauf einlassen und mein Problem loswerden – ganz im Geheimen dachte ich mir, ich könne den Termin gegebenenfalls ja kurzfristig wieder absagen. Aber diese Gedanken behielt ich besser für mich!

Welches war der beste Zeitpunkt? Was gab es alles zu beachten? Wir hatten damals mittlerweile November. Okay, bis circa sechs Wochen nach der Liposuktion war man noch ein wenig grün und blau. Außerdem musste ich sechs Wochen ein Mieder tragen, was sicherlich eine schweißtreibende Angelegenheit sein würde. Weiterhin durfte ich meine Beine ein halbes Jahr lang nicht der direkten Sonneneinstrahlung aussetzen. Folglich durfte die Operation schon alleine wegen des »Halbkörper-Korsetts« nicht im Sommer sein. Unser Urlaub war für Juni geplant. Gut, dann würde ich mich halt konsequent im Schatten aufhalten, das ist sowieso viel gesünder für die Haut. Was tut man schließlich nicht alles, um letztlich seinem Ziel näher zu kommen! Und, ganz wichtig, grün und blau wollte ich auch nicht mehr sein; wie sähe das bloß im Bikini aus! (Man könnte dann fast falsche Schlüsse ziehen …) Im Winter spürt man erfahrungsgemäß die Narben mehr, die Schmerzen würden länger andauern und somit wohl auch heftiger sein. Blieb also Anfang April. Der 3. April schien ideal zu sein. Ein Donnerstag. An diesem Tag, so beschloss ich, sollte der Eingriff sein, am Freitag die Entlassung und dann kam das Wochenende, an dem ich mich ein bisschen auskurieren wollte. Einen Schmerz wie starken Muskelkater sollte ich einplanen, hatte der Arzt gesagt. Muskelkater hatte ich früher schon häufig. Das war zwar nicht sonderlich angenehm, aber ich konnte gut damit leben. Als Nächstes würde eine kurze Arbeitswoche kommen, denn es folgte Ostern und ich war »durch«, zumindest, was die Schmerzen anging. Und so würde ich bis zu unserem Juniurlaub noch genügend Zeit haben, um die blauen Flecken los zu werden. Das sollte reichen. Genau sechs Wochen. Weiterhin hoffte ich, dass der Mai nicht so warm werden würde (wegen des Mieders). Ja – so wollte ich es machen!

Dies waren die wesentlichen Faktoren, die bei der Terminwahl für mich eine Rolle spielten. Nicht zu vergessen natürlich, dass das Timing auch beruflich passen musste. Es gab viele Termine, die daher von vornherein ausgeschlossen waren. Termine, an denen ich unter gar keinen Umständen krank sein durfte, wie zum Beispiel beim Messeaufbau, für den ich die Verantwortung trug. Ein Fehlen dabei hätte fatal sein können. Außerdem blieb es nicht aus, dass ich dann und wann beim Aufbau kräftig mit anfassen musste. Mein Zustand sollte dann stabil und ich damit belastbar sein. Gar nicht so einfach, den richtigen Termin zu finden, so es denn überhaupt einen solchen gab. Gut, sagen wir mal so: Es gab schlechtere Termine und die besseren. Und ich wollte halt einen von den besseren.

Also hieß es jetzt: Zum Telefon greifen und wenn möglich den avisierten Termin ausmachen. Ich hatte Glück, an meinem Wunschtermin war erst eine Liposuktion geplant, so dass noch ein Platz frei war. Diesen Platz wollte ich unbedingt haben. Sofort fixierte ich den Termin und machte gleichzeitig noch einen weiteren Beratungstermin bei Dr. Nathrath, um vorab andere offene Fragen zu klären. Dabei würden auch die Details für die weiteren erforderlichen Maßnahmen erörtert werden.

Zunächst fühlte ich mich durch die Entscheidung sehr erleichtert, was nicht heißt, dass das am nächsten Tag nicht wieder ganz anders war. Meine Stimmung wechselte ständig – es war ein Auf und Ab. Bestimmt war ich in dieser Phase nicht einfach zu haben. Für meine Mitmenschen wohl sogar eher ausgesprochen schwierig, zumal die meisten meine Stimmungsschwankungen nicht einordnen konnten. Meinem Mann teilte ich abends den Termin mit, denn ich hatte ihn vorab mit ihm nicht weiter abgesprochen. Ich glaube er war nur froh, dass ich endlich eine Entscheidung getroffen hatte. Männer befassen sich mit so etwas wohl anders als Frauen, daher gibt es bestimmt auch die Bestseller wie »Warum Männer nicht richtig zuhören und Frauen nicht rückwärts einparken können«. Mit anderen Worten, meine Logik war für meinen Mann nicht immer fassbar oder nachvollziehbar. Aber das ist ein anderes unerschöpfliches Thema ...

Schönheits-OP als widersprüchliches Trendthema der heutigen Zeit

Wie Sie nun aus meinen Ausführungen sicherlich herauslesen konnten, habe ich es mir mit meiner Entscheidung in keiner Weise leicht gemacht. Vielleicht können Sie auch nicht verstehen oder nachvollziehen, warum ich mir so viele Gedanken gemacht habe, obwohl mich mein Problem so sehr belastet hat. Aber es gibt Menschen, und zu denen gehöre ich, die es sich nie besonders leicht machen oder leicht gemacht haben. Die immer versuchen, möglichst allen Fragen auf den Grund zu gehen, in manchen Dingen sogar abergläubisch sind. Ich glaube an das Schicksal, nämlich so, dass das Leben einem vorgegeben ist. Und ich gehörte immer zu den Kämpfern. Vor Hindernissen oder Widerständen einfach »wegzulaufen« entsprach nicht meinem Naturell. Ja, und genau dieser Umstand führte dazu, dass mein Weg häufig von Steinen gesäumt war und ist und ich ab und zu auch darüber stolperte.

Aber wurden wir als menschliche Individuen nicht mit einem Willen versehen, der wiederum zwangsläufig dazu führt, dass wir auch die Qual der Wahl haben? Und das Schlimme ist: Letztlich muss jeder für sich selbst Entscheidungen treffen, was unweigerlich zu inneren Konflikten führen kann. Auch wenn es in bestimmten Lebenssituationen häufig nicht danach aussieht, so wird unser Leben doch von einer Vielzahl von Entscheidungen getragen. Der Spruch: »Jeder ist seines Glückes Schmied« kommt nicht von ungefähr. Ich meine, jeder sollte sich mit dieser Aussage irgendwann einmal intensiv befassen. Auch damit, wie oft man eigentlich tatsächlich im Leben Entscheidungen trifft. Selbst wenn man sich der Entscheidung eines anderen fügt, wird diese Wahl durch einen selbst vollzogen, dessen sollten wir uns bewusst sein. Allerdings macht diese Tatsache es einem natürlich auch nicht gerade leichter – und so war es damals bei mir.

Ich würde lügen zu behaupten, dass ich mir keine Gedanken mehr machte, nachdem ich meinen Termin vereinbart hatte. Im Gegenteil, nun schien es langsam richtig ernst zu werden. Oft lag ich in dieser Zeit abends wach im Bett. Ich konnte nicht einschlafen, weil meine Gedanken darum kreisten, ob meine Entscheidung richtig war oder nicht. Woher sollte ich das zu jenem Zeitpunkt wissen? Erst die Zukunft würde es zeigen. Besonders quälte mich nach wie vor die Frage: Darf man oder darf man nicht? Was würde sich tatsächlich für mich ändern? War ich vielleicht sogar schon dem brandaktuellen so genannten Jugend- und Schönheitswahn der heutigen Zeit verfallen? Oder machte ich mir einfach nur zu viele Gedanken?

Ich horchte in mich hinein. Nein, diesem Wahn unterlag ich nicht. Definitiv nicht! Denn dann hätte ich noch ganz andere operative Eingriffe planen müssen. Mein restlicher Körper entspricht in vielem der »Norm«, hätte aber dennoch noch einige Möglichkeiten zur »Verbesserung« geboten. Im Gegenteil: Ich bin äußerst kritisch gegenüber der Entwicklung, dass Schönheitsoperationen quasi zum Volkssport mutieren. Ohne Zweifel: Jung sein ist hip, jung aussehen auch. Aber rechtfertigt das allein das »Herumbasteln« am eigenen Körper? Nach welchen Idealen streben die Damen oder auch Herren, die sich vermehrt für ein Face-Lifting entscheiden? Die nach solch einem Eingriff zwar im Gesicht jünger aussehen, aber häufig nicht mehr wie sie selbst. Dabei verliert meines Erachtens das Gesicht doch oft an Persönlichkeit, genau die, die uns die Jahre gebracht hat. Aber das wissen wir ja bereits alles. Nichtsdestotrotz ist es ein Trend, der sich durchgesetzt hat. Es gibt immer Kritiker und Befürworter. Letztlich bleibt es jedem selbst überlassen, ob er sich dem Zeitgeist unterwirft. Jugendlichkeit hat für mich auch etwas mit Lebendigkeit zu tun und mit neugierig sein. So helfen Äußerlichkeiten nicht weiter, wenn der Geist bereits stehen geblieben ist.

Es wird Sie nach diesen Ausführungen nicht mehr sonderlich überraschen, dass ich Fernsehserien oder -dokumentationen über Schönheitsoperationen, bei denen die Kandidaten gleich mehrfache Eingriffe vornehmen lassen, absolut verurteile.

Nie würde ich ins Fernsehen gehen, um mir Schönheitsoperationen finanzieren zu lassen, bei denen ich unzählige Zuschauer habe. Merkwürdigerweise und für mich absolut unfassbar – jeder zeigt in diesen Reportagen aller Öffentlichkeit und jedem, der es sehen will, sein augenscheinlich größtes Problem beziehungsweise Manko! Eigentlich doch etwas, was man immer verstecken möchte. Und was dann gleich alles korrigiert werden soll! Da heißt es: Ich habe zwar ein großes Problem mit meiner Nase, aber wenn ich schon gerade mal hier bin, könnte ich gleich noch dieses und jenes machen lassen. Einfach deshalb, weil ja doch alles bezahlt würde. Diese Einstellung halte ich persönlich für sehr oberflächlich! Sind wir doch mal ehrlich mit uns selbst, vieles könnte ein wenig hübscher sein – besser aussehen. Sollte man deswegen immer gleich zum Skalpell greifen? Nein, sollte man nicht! Kleine Fehler können eine Person auch menschlich und liebenswert machen und vor allen Dingen die Natürlichkeit erhalten.

Mittlerweile gibt es auch Sendungen, zu denen man hingehen kann, selbst wenn man keine so genannten Problemstellen hat. Dort sagt man einfach: »Ich möchte aussehen wie zum Beispiel Jennifer Lopez.« Ich kenne diese Sendungen nur vom Hörensagen – ich weiß nicht, wie es Ihnen dabei geht, aber für diese »Motivation«, diverse Eingriffe an sich vornehmen zu lassen, habe ich absolut kein Verständnis! Scheinbar gibt es für einige Menschen kaum noch Tabus; schlussendlich ist es aber leider immer so, dass sich Angebot und Nachfrage wechselseitig bedingen.

Egal, damals gab es diese Art von Dokumentationen noch nicht; und mein wirkliches Problem war Rechtfertigung genug für meine Fettabsaugung, jedenfalls für mich. Denn größer als jeder Zweifel und größer als jede Angst war die Tatsache, dass ich wahnsinnig unter meinen DICKEN BEINEN litt. Ich erschrecke mich gerade selber. Zum ersten Mal seit ich mit der Niederschrift dieses Buches begonnen habe, spreche ich von DICKEN BEINEN. Diese Formulierung tut noch heute, im Nachhinein, weh, so dass ich stets versuche, sie zu vermeiden. Ich glaube, keiner möchte von sich sagen, dass er dicke Beine hatte oder – noch schlimmer – dass er welche hat.

Die Aussicht, diese für mich völlig unproportionierten Beine loszuwerden, war so berauschend, dass ich weiter an meiner Entscheidung festhielt. Ich hoffte so sehr darauf, dass mich dieser Eingriff von meinen Komplexen befreien würde und ich mich endlich frei fühlen würde. Mit Freunden zum Baden gehen zu können, knieumspielende Röcke tragen zu können, ein kurzes knappes Oberteil …

Sollte man von einer Schönheitsoperation erzählen?

Dieses ist eine Frage, die jeder mit sich selbst ausmachen muss. Ich berichtete damals wirklich nur wenigen und ausgesuchten Freunden vorab davon. Und zwar ausschließlich denjenigen, bei denen ich sicher wusste, dass sie damit nicht »hausieren« gehen würden. Ich wollte mit den Menschen, die ich ins Vertrauen zog, auch nicht lange das Für und Wider diskutieren, mich rechtfertigen und erklären müssen. Das lag vor allem daran, dass ich tief im Inneren meiner Entscheidung nicht sicher war. Mein Entschluss stand auf wackeligen Füßen – ein Zustand, der mir so gar nicht lag. Vor allen Dingen wollte ich mich nicht in die Enge treiben lassen, was sicher öfter passiert wäre. Denn es ist wesentlich einfacher zu argumentieren, wenn man sich einer Sache ganz sicher ist, wenn man voll und ganz hinter einer Entscheidung steht.

Einige meiner Freunde und Verwandten wissen bis heute nichts von der Operation – und das ist gut so. Deshalb habe ich mir für die Niederschrift dieses Erfahrungsberichtes auch ein Pseudonym zugelegt. Ich muss keinen »Seelenstriptease« vor jedem machen, den ich persönlich kenne. Denn nach wie vor bin ich der Auffassung, dass nur jemand, der so sehr wie ich unter etwas gelitten hat und alles getan hat, um das Problem zu lösen, nachvollziehen kann, was wirklich in einem vorgeht. Nur derjenige wird in der Lage sein, ehrliches Verständnis dafür aufzubringen.

Meiner Mutter zum Beispiel habe ich vorab von meiner Entscheidung erzählt, allerdings auch hier mit der Bitte, diese Sache für sich zu behalten. Diejenigen, denen ich im Vorfeld davon erzählte, zeigten sich verständnisvoll, wollten aber in der Regel alles ganz genau wissen. Bei einigen hatte ich sogar das Gefühl, dass sie meine Beine beziehungsweise meinen Körper von nun an intensiv taxierten. Diese Verhaltensweise war eine interessante Feststellung für mich. Gelegentlich hatte ich sogar das Gefühl, es sei eine kleine »Sensation« – jemanden persönlich zu kennen, der sich »unter das Messer« legen wollte. Seit meiner Liposuktion vor vier Jahren hat sich in dieser Hinsicht sicher einiges getan und die Menschen sind offener geworden. Aber auch heute noch ist es wohl einfacher zu sagen, dass man sich seine abstehenden Ohren hat richten lassen, als zuzugestehen, sich aus seinen dicken Beinen Fett hat absaugen lassen. Ich nehme doch stark an, dass Sie mir an dieser Stelle zustimmen werden.

Bestimmt fragen Sie sich, wie ich erreichte, dass keiner, der es nicht wissen sollte, etwas von meiner Operation bemerkt hat.

Schon etwa vier Wochen vor dem geplanten Termin der Liposuktion hatte ich allen erzählt, dass ich eine neue Diät begann, was für mich generell nichts Ungewöhnliches war. Der eine oder andere erkundigte sich genauer nach der neuen Diät, ansonsten war es absolut unspektakulär. Ich trug in der Zeit wie immer lange Sakkos mit möglichst langen, weiten Shirts drunter – so richtig »sexy« halt. Für den Tag der OP selbst und den Folgetag (es waren ein Donnerstag und ein Freitag) hatte ich Urlaub eingereicht. Dann folgte erst einmal das Wochenende, nach dem ich wieder zur Arbeit gehen wollte. Ich würde eh das Mieder tragen müssen, was schließlich auch ein wenig auftrug – das alles natürlich noch unter meinen langen Sakkos. Gut kaschiert, mit weiten Sachen, Mieder und noch stark geschwollenen Beinen würde nichts auffallen. Erst nach meinem Jahresurlaub im Juni, also circa zwei Monate nach dem Eingriff, sollte sich dann die Garderobe ändern. Ich ging einfach davon aus, dass keiner meiner Kollegen, meiner Freunde und Bekannten, die es nicht wussten, überhaupt auf die Idee kommen würden, dass jemand aus seinem direkten Umfeld so etwas machen lassen würde. Mein Mann war eher skeptisch – vermutlich deshalb, weil er sich die ganze Zeit mehr oder weniger mit diesem Thema beschäftigen musste. Ich sollte Recht behalten.

Mir war es am liebsten, die Entscheidung zur Liposuktion nicht in alle Welt hinauszuposaunen. Obwohl es einige gab, die meinten, man müsse – wenn man sich zu so etwas entschloss – dazu auch in der Öffentlichkeit stehen. Ich dagegen vertrat und vertrete die Ansicht, dass eine Fettabsaugung einen sehr privaten und intimen Bereich betrifft, zu dem ich nicht jedem Zugang verschaffen wollte. Nein, ich musste mich nicht jedem öffnen und erklären. Es musste mich auch nicht jeder verstehen!

Vorbereitungen für die Operation und Klinikaufenthalt

Voruntersuchungen

Etwa vier Wochen vor dem geplanten Eingriff hatte ich bei Dr. Nathrath einen Termin, um die letzten Details zu besprechen. Er schaute sich meine Beine nochmals ganz genau an und ließ Aufnahmen von vorne, von hinten und von jeder Seite machen, die er dann in sein Notebook einspielte. Er erklärte mir, dass er das Laptop mit in den Operationssaal nehmen würde, weil bei einem Patienten im Liegen vieles anders erscheine, als es tatsächlich sei. Um optimal arbeiten zu können, sei es sinnvoll, zwischendurch immer wieder einen Blick auf die zuvor aufgenommenen Bilder werfen zu können, ganz unabhängig davon, dass ich bei der Operation würde gedreht werden müssen, damit er gezielt an allen markierten Stellen (also so ziemlich überall) arbeiten könnte. Über den Eingriff selbst in allen Details wollte ich lieber nicht weiter nachdenken. Allein die Vorstellung daran jagte mir einen kalten Schauer über den Rücken. Man stelle sich vor, dass man, fast entblößt, vor einigen Personen hin und her gedreht werden und quasi alles »freigelegt« sein würde. Wie peinlich! Außerdem hatte ich Dokumentationen im Fernsehen gesehen, bei denen live zu Fettabsaugungen geschaltet wurde. Ich fand es scheußlich und konnte nicht hinsehen.

Wir besprachen und fixierten nochmals die Vorgehensweise und ich bekam einen exakten schriftlichen Kostenvoranschlag für beide besprochenen Möglichkeiten (die komplette

Operation bzw. eine kürzere Operation mit einer eventuellen Nachoperation). Die für mich gravierendsten »Schäden« sollten zuerst beseitigt werden, so dass ich im Nachhinein zumindest schon einmal einen Teilerfolg würde verbuchen können, falls er nicht alles auf einmal behandeln könnte. Alle Formalitäten mussten vor der OP unterzeichnet sein.

Er besprach mit mir noch die weiteren Details. Vor der Operation sollte ich bei einem Arzt meiner Wahl noch ein EKG machen und die Blutwerte ermitteln lassen. Die Unterlagen mussten dann eine Woche vor der OP in seiner Praxis abgegeben werden. Bei der Gelegenheit könne seine Sprechstundenhilfe in der Praxis maßnehmen: Hüfte, Beinumfang, Beinlänge, Bauch – alles wurde vermessen, um mögliche Miedergrößen nach dem Eingriff zurechtlegen zu können. Das Mieder würde mir dann noch unter Narkose angezogen werden. Schließlich hatte ich am Tag vor der Operation einen Gesprächstermin mit dem Anästhesisten zu vereinbaren.

Bei diesem »Vorgespräch« wurde ich gefragt, ob ich regelmäßig Alkohol trank und wie viel, ob mir Allergien bekannt seien, ob ich regelmäßig Medikamente nähme und so weiter. Das Gespräch war nicht unangenehm, so lernte ich wenigstens den Arzt kennen, der am nächsten Tag bei mir die Anästhesie durchführen sollte. Diese Vorgehensweise ist üblich, wie ich erfuhr. Dr. Nathrath markierte anschließend noch die zu bearbeitenden Stellen an meinem Körper mit einem Farbstift. Duschen mit heftigem Abschrubben war jetzt nicht mehr erlaubt!

Sie haben solche Markierungen vielleicht schon in einer der vielen Sendungen im Fernsehen gesehen. Ich fand, ich sah aus wie eine Landkarte. Wenn ich mich richtig erinnere, war ich überall angemalt. Na ja, er weiß bestimmt was er tut, dachte ich bei mir.

Letztlich ging es noch einmal zur »Fotosession«. Vorne, hinten, links, rechts. Danach wurde ich für die kommende Nacht nach Hause entlassen, sollte aber nach achtzehn Uhr nichts mehr zu mir nehmen.

Mein Mann hat sich abends bei meinem Anblick halb totgelacht. Es war bestimmt nicht bös gemeint, aber komisch fand ich das gar nicht! Nicht, dass ich mir nur etwas dämlich vorkam, angemalt wie ich war. Ich war auch ziemlich aufgeregt.

Ich darf nicht vergessen, von den Erlebnissen zu berichten, die ich bei den Voruntersuchungen hatte:

Bei meiner Frauenärztin – ich hatte eh einen Vorsorgetermin vereinbart – wollte ich mir Blut abnehmen lassen (definierte Werte musste ich einreichen). So erzählte ich ihr bei meinem Besuch von der geplanten Schönheitskorrektur. Ihre Reaktion war bemerkenswert: Sie fragte mich, ob ich vorhabe, eine Liposuktion an meinen Beinen vornehmen zu lassen. Volltreffer! Ich konnte die Frage nur bejahen. Offensichtlich fiel auch anderen Menschen auf, dass irgendetwas bei mir nicht so ganz zusammenpasste! Sie zeigte sich in dieser Situation sehr verständnisvoll und mir wurde wieder einmal klar, dass ich mir meine Problemzonen nicht nur selbst einbildete, sondern sie auch von anderen wahrgenommen wurden – eine Bestätigung für mein geplantes Unterfangen!

Das EKG wollte ich nicht bei unserem Hausarzt machen lassen, da seine Praxis circa fünfundzwanzig Kilometer entfernt war. So suchte ich mir eine Ärztin in der Nähe – schließlich war ich privat versichert, da sollte es kein Problem sein, mit so etwas zu einem anderen praktischen Arzt zu gehen.

Wie immer hatte ich ein langes Sakko an. Ich wurde ins Sprechzimmer gerufen. Die Ärztin wollte wissen, wofür ich das EKG benötigte. Ehrlich, wie ich war, teilte ich ihr mein Vorhaben mit. Sie war entsetzt und fing eine Grundsatzdiskussion an. Worauf ließ ich mich da ein? Musste ich dieser Frau gegenüber Rechenschaft ablegen? Das konnte doch nicht wirklich sein. Die Ärztin versuchte vehement, mich von meinen Plänen abzubringen. Für Eingriffe dieser Art hatte sie absolut kein Verständnis. Ich solle doch mal an die wirklich Kranken denken und so weiter und so fort. Eine richtige »Moralpredigt« musste ich über mich ergehen lassen. Hatte ich das nötig? Mir reichte es! Ich ließ sie wissen, dass ich auf der Stelle gehen würde, sollte sie das EKG nicht sofort machen.

Ich nehme an, dass die Dame die bereits geopferte Zeit nun auch bezahlt haben wollte. Das EKG sollte gemacht werden. Ich musste Sakko, Bluse und Hose ausziehen. Die Ärztin schaute mich an, ihre Augen wurden groß und größer, als sie mich völlig ungeniert anstarrte. Sie räusperte sich, um mir dann mitzuteilen, dass sie nun meine Entscheidung doch nachvollziehen könne. Wieder Volltreffer! Ich fühlte mich einerseits wieder einmal bestätigt, andererseits war ich unangenehm berührt und ziemlich gekränkt.

Jetzt würde mich nichts mehr von meinem Plan abhalten! Auf keinen Fall würde ich den Operationstermin im letzten Moment absagen! Meine Entscheidung stand in diesem Augenblick unumstößlich fest.

Der Tag der Operation

Ich hatte in der Nacht vorher besonders schlecht geschlafen – hoffentlich würde das »Landkarten-Gemälde« auf meinen Schenkeln nicht verwischt sein! Ach, mir ging so viel durch den Kopf ... Ich war aufgeregt und hatte Angst. Angst auch davor, nach der Narkose nicht wieder aufzuwachen und meinen Mann alleine zurückzulassen. »Absoluter Unsinn«, war der Kommentar meines Mannes, aber auch er war nervös und wollte mich nur auf seine Art beruhigen. Ich glaube, Männer sind überhaupt besser in der Verdrängung von Problemen als Frauen. Welches der bessere Weg ist, darüber lässt sich streiten.

Um neun Uhr sollte ich in der Klinik sein. Mein Magen war leer, ich hatte seit dem letzten Nachmittag nichts mehr zu mir genommen; hatte, ehrlich gesagt, auch gar keinen Appetit. Nervös packte ich meine Sachen zusammen. Mein Mann brachte mich in die Klinik. Es war eine Privatklinik mit Belegbetten meines Arztes. Ich hatte ein Zweibettzimmer gebucht. Einzelzimmer hätte es auch gegeben, aber ich dachte mir und hoffte, dass es die eine Nacht schon gehen würde. Ein Einzelzimmer wäre noch mal 300 DM teurer gewesen und hätte nicht zu einem besseren Gelingen des Eingriffs beigetragen. Ein Dreibettzimmer musste es nun auch nicht wirklich sein. Das Doppelzimmer war ein Kompromiss und würde sicher ausreichen.

In der Klinik wurde mir mein Zimmer sofort zugewiesen. Schminke und Schmuck waren nun tabu! Dafür gab es ein ganz entzückendes »Leibchen« – die hinten offenen Hemden, die nur oben am Hals mit einer Schleife zugebunden werden können. Ich fühlte mich ein wenig nackt damit und war ständig damit beschäftigt, das Hemd hinten zusammenzuhalten – jedenfalls bis zur Operation und dann wieder, sobald ich einen einigermaßen klaren Gedanken fassen konnte.

Es klopfte an der Zimmertür und meine Bettnachbarin betrat den Raum, ein zierliches Persönchen. Ich erfuhr, dass sie sich an der Außenseite ihrer Oberschenkel Fett absaugen und dann die Brust mit dem eigenen Fettgewebe vergrößern lassen wollte. Mit anderen Worten: an der einen Stelle raus, an der nächsten wieder rein. Auch eine Möglichkeit – immerhin besser als Silikonkissen in der Brust, fand ich.

Aber wie ich auch guckte, mir war unverständlich, wo sie sich etwas absaugen lassen wollte ... Die Dame trug bei Hosen bestimmt Konfektionsgröße 36. Nun gut, mein Problem sollte es nicht sein. Sie hatte es sich bestimmt gut überlegt.

Meine Zimmernachbarin sollte um neun Uhr operiert werden, mein Eingriff war für elf Uhr angesetzt und sollte vier ganze Stunden dauern. Für die Wartezeit bekam ich – Gott sei Dank – leichte Beruhigungsmittel, denn die Nervosität stieg von Minute zu Minute. Meinen Mann schickte ich gleich morgens, nachdem er mich in der Klinik im Zimmer abgeliefert hatte, wieder zur Arbeit. Ich wollte nicht, dass er sich extra Urlaub nahm. Ich war sowieso unleidlich und er konnte mir im Augenblick auch nicht helfen. Ich wollte mit meinen Gedanken lieber alleine sein und hatte keine Lust zum Reden. Er sollte erst am späten Nachmittag wiederkommen, wenn alles vorbei sein würde. So war es mir am liebsten!

Eine Schwester holte mich ab. Ich wollte nur noch, dass es endlich losgeht. Die innere Anspannung war immens, da halfen auch die Beruhigungsmittel nichts. Wider Erwarten war die Atmosphäre im Operationssaal angenehm. Gleichzeitig war ich erstaunt, wie viele Personen um mich herum waren. Dr. Nathrath sprach mir mit einigen ruhigen Worten Mut zu, um mir meine Angst zu nehmen. Ich war froh, ihn nochmals kurz zu sehen, so fühlte ich mich nicht ganz alleine. Die Vollnarkose, die man mir verabreichte, zeigte ihre Wirkung. Ich schlief ein.

Nach der Operation und der Narkose war ich wie benommen. Ich wollte einfach nur meine Augen geschlossen halten und mich nicht bewegen müssen, denn mir war entsetzlich schlecht. Irgendwie hatte ich auch das Gefühl, die Augen ließen sich gar nicht öffnen. Nach Aussage meines Mannes nahm ich ihn gegen achtzehn Uhr zum ersten Mal – aber nur bedingt – wahr. Er hatte schon seit zweieinhalb Stunden an meiner Seite ausgeharrt. Aber ich war viel zu müde und fühlte mich wie »benebelt« – unterhalten wollte und konnte ich mich noch nicht.

Später erzählte er mir, dass meine Zimmergenossin bereits nachmittags gegen fünf die Klinik verlassen hatte. Da der Eingriff bei ihr verhältnismäßig klein war, hatte sie keine Vollnarkose bekommen, sondern war nur örtlich betäubt worden. Offensichtlich hatte sie auch keine Kreislaufbeschwerden, die es bei größeren Liposuktionen oder Eingriffen mit Vollnarkose häufiger gibt.

Der Unterschied zwischen ihrem und meinem Befinden muss meinen Mann trotzdem sehr erschreckt haben. Zu diesem Zeitpunkt hatten wir mit meinem Arzt noch nicht sprechen können.

Ich schickte ihn gegen zwanzig Uhr nach Hause; er konnte sowieso nicht sonderlich viel mit mir anfangen. Ich wollte am liebsten alleine sein, konnte zur Kommunikation auch kaum beitragen. Mir war einfach alles viel zu anstrengend, auch wenn es nur darum ging, die Augen offen zu halten. Am nächsten Morgen ab neun könne er mich abholen, so war es vorher vereinbart. Auf keinen Fall durfte ich mich alleine auf den Heimweg machen. Nun gut, dass hatte ich auch nicht vor.

Gegen halb neun kam dann endlich mein Arzt. Ich war bis aufs Äußerste gespannt! Was genau hatte er machen können? War alles planmäßig verlaufen? Gab es Komplikationen? Wie viel konnte abgesaugt werden? Wie würde ich aussehen? Fragen über Fragen, die mich mehr als brennend interessierten.

Dann die gute Nachricht! Grundsätzlich hatte es keine Komplikationen gegeben und alles war recht gut und planmäßig verlaufen. Der Körper war stabil und hatte während des Eingriffs gut mitgemacht. Er hatte ALLE Bereiche wie besprochen bearbeiten können. Ein weiterer Eingriff würde nicht notwendig sein. Aber er ließ mich auch wissen, dass er bis an die Grenze des Machbaren gegangen war. Mehr war nicht möglich gewesen, mehr hätte meinen Körper zu sehr strapaziert.

Und jetzt halten Sie sich fest: Er hatte insgesamt sechs Kilogramm Fett abgesaugt! Sechs Kilo! Ich stellte mir in dem Moment vierundzwanzig Butterstücke vor. Sie fragen sich warum Butter? Weil Butter von der Konsistenz her auch nur Fett ist, und daher für mich einen ganz guten Vergleich darstellte. Du meine Güte, was war ich froh und erleichtert über diese Nachricht! Mir fiel ein riesengroßer Stein vom Herzen! Unter großer Anstrengung rief ich noch meinen Mann an, um ihm diese gute Nachricht mitzuteilen. Er war sehr froh, zunächst darüber, dass ich schon wieder telefonieren konnte, und dann natürlich über meine Nachricht.

Zum Glück musste ich in den ersten gut zwölf Stunden nach der Operation nicht auf die Toilette. Ich durfte die erste Nacht nicht alleine aufstehen, sondern sollte auf jeden Fall eine Schwester rufen. Ich war froh, dass ich nun praktisch doch ein »Einzelzimmer« hatte und die Nacht alleine verbringen durfte. Ich glaube, jeder ist am liebsten alleine, wenn es ihm nicht gut geht. Ich schlief also den Nachmittag und die erste Nacht mehr oder weniger durch. Doch um fünf Uhr in der Früh war es dann soweit: Ich musste ins Bad. Also, der Ordnung halber die Schwester rufen und dann mal sehen.

Alleine hätte ich die drei Meter jedenfalls nicht geschafft! Der Körper war zu geschwächt, ich hatte akute Gleichgewichtsstörungen. Nur nicht nach unten gucken beim Gehen, war der Tipp der Krankenschwester, sonst würde sich alles drehen und ich würde gegebenenfalls stürzen. Angekommen! Ich blickte an mir herunter. Unter dem bereits beschriebenen

Leibchen, auch Engelshemd genannt, trug ich ein schwarzes Mieder. Man muss es sich folgendermaßen vorstellen: Am Bauch reichte es bis unter die Brust. Es wurde brustabwärts durch eine Reihe kleiner Häkchen, die bis zum Schritt reichten, verschlossen Die Beine waren bis knapp zu den Waden in das Mieder gequetscht. Alles war extrem eng. Und nun? Alle Häkchen aufmachen? Das war eine äußerst mühsame Aufgabe. In mühevoller Kleinstarbeit öffnete ich die Häkchen. Ich hatte starke Schmerzen dabei und mir war extrem schwindelig. Zum Glück befand sich ein Stuhl in dem Badezimmer, so konnte ich dabei zumindest sitzen.

Geschafft! Endlich, nach einigen Minuten, die mir wie eine Ewigkeit erschienen, war ich wieder im Bett. Alles in allem empfand ich diesen »kurzen Gang« als eine enorme Anstrengung. Nun fragte ich mich doch tatsächlich, wie ich am nächsten Morgen den Weg bis zum Auto schaffen sollte. Nun gut. Noch ein paar Stunden Schlaf und vielleicht ging es mir dann schon viel besser …

Entlassung aus der Klinik

Der nächste und somit auch erste Tag nach meiner Fettabsaugung war gekommen. Gleich würde Dr. Nathrath noch einmal nach mir sehen. Punkt acht Uhr stand er an meinem Bett. Seiner Meinung nach ging es mir, den Umständen entsprechend, gut. Er selbst war ebenfalls froh, dass der Eingriff so positiv für mich verlaufen war. Ich hätte insgesamt vierzehn kleine Einschnitte, durch die »Saugkanülen« eingeführt worden seien. Diese Einschnitte seien alle mit wenigen Stichen genäht worden. Vier Tage nach dem Eingriff solle ich zum Fädenziehen zu ihm in die Praxis kommen.

Ich fragte, ob die Wunden dann nicht noch viel zu frisch seien. Aber er entgegnete, dass man wegen der geringen

Größe der Einschnitte die Fäden ruhig schon ziehen könnte. Wir wünschten einander ein schönes Wochenende und er entschwand, um weitere Patienten von ihren »Leiden« zu befreien.

Ich machte mich fertig, soweit das alleine ging. Ich wollte nach Hause, sobald mein Mann kam, um mich abzuholen. Aber das war gar nicht so einfach. Nicht nur, dass ich extreme Schmerzen in den Beinen und im Po hatte, selbst meine Waden waren geschwollen und grün und blau, obwohl an den Waden gar nichts gemacht worden war. Dr. Nathrath hatte mir bei seiner morgendlichen Visite erklärt, dass der Bluterguss bis in die Waden abgesackt war, was aber nicht weiter schlimm sei und gelegentlich vorkomme. Ich war insgesamt fast völlig bewegungsunfähig: Mieder, Einschnitte, Blutergüsse, Schmerzen …

Aber besonders mein Kreislauf machte mir zu schaffen. Alleine aufstehen oder gar gehen war nicht möglich! Schon beim kleinsten Versuch wurde mir schwindelig und schwarz vor Augen – und daraufhin schlecht. Bloß nicht übergeben, das konnte ich in dieser Situation überhaupt nicht gebrauchen! Ich rief eine Schwester und verlangte auch für das kommende Wochenende Kreislaufmittel. Sie holte, wie gewünscht, vorsorglich ein paar Kapseln, die ich mitnehmen durfte. Natürlich bekam ich auch eine entsprechende Dosierungsanleitung. Ich hoffte auf schnelle Besserung.

Endlich kam mein Mann. Nachdem er sah, wie schlecht ich beieinander war, brachte er erst einmal meine Tasche zum Auto, um dann direkt vor der Tür der Klinik zu parken, trotz absolutem Halteverbot! Mit seiner Unterstützung und dreimaligem Hinsetzen schafften wir es bis zum Wagen. Die erste Hürde auf dem Weg nach Hause war genommen.

Nun würde ich noch die drei Etagen zu unserer Dachwohnung meistern müssen. Meinem Mann blieb nichts anderes übrig, als mich die letzten zwei Etagen zu tragen. Kräftemäßig hätte ich es geschafft, zumindest glaube ich es oder besser, ich wollte es gerne glauben. Der Kreislauf war im Augenblick das größte Problem für mich. Mit diesen Schwierigkeiten hatte ich jedenfalls nicht gerechnet.

Die Zeit nach dem Eingriff bis heute

Der Tag danach – wieder zu Hause

Die Fahrt nach Hause, auch wenn sie nur eine halbe Stunde dauerte, empfand ich als höchst anstrengend. Ich hatte Urlaub, es war Freitag – einem »Genesungswochenende« stand also nichts entgegen.

Endlich wieder zu Hause – endlich wieder liegen und endlich wieder schlafen. Das war es, was ich wollte – mich hinlegen und schlafen! Duschen durfte ich sowieso erst am nächsten Tag. Nichts wie ins Bett! Unter Schmerzen bewegte ich mich in Richtung Schlafzimmer.

Den ganzen folgenden Tag stand ich nicht auf. Ich schlief fast ununterbrochen von zehn Uhr morgens bis um fünf Uhr nachmittags. Mein Mann wollte mich versorgen, was aber gar nicht so einfach war: Ich hatte weder Durst noch Appetit. Schon beim bloßen Gedanken an Essen drehte sich mir der Magen um. Dies sollte in den nächsten Tagen nicht besser werden. Eigentlich fand ich das nicht so schlimm – es konnte meiner Figur gewiss nicht schaden. Mein Mann hingegen machte sich Sorgen.

Bloß nicht bewegen, dachte ich ständig. Mit Muskelkater waren meine Schmerzen, die ich bei jeder Bewegung verspürte, nicht vergleichbar – sie waren schlimmer!

Zugleich wurde ich beim Liegen richtig steif. Eine Stunde ohne Bewegung und ich hatte das Gefühl, ich sei eingerostet – bestimmt trug unter anderem auch mein »Fast-Ganzkörper-Mieder« dazu bei. Alleine aufstehen konnte ich gar nicht. Mir wurde sofort schwarz vor den Augen, alles drehte sich und ohne Hilfe wäre ich mit Sicherheit rücklings umgefallen. Also stützte mich mein Mann, wenn ich unbedingt aufstehen musste. Eigentlich sollte ich, wenn irgend möglich, stündlich ein paar Schritte gehen. An diesem ersten Tag schaffte ich das aber insgesamt nur dreimal. Auf dem Weg ins Badezimmer gelang es mir noch nicht einmal, einen Blick in den Spiegel zu werfen, dazu ging es mir viel zu schlecht. Nun hatte ich so lange auf diesen Augenblick gewartet, da kam es jetzt auf ein oder zwei Tage mehr auch nicht mehr darauf an. Ich war nur froh, dass der Eingriff an sich überstanden war. Obwohl es mir wahrlich schlecht ging, war ich meinem Arzt überaus dankbar, dass er während dieses einen Eingriffs wirklich alles nur Mögliche erreicht hatte und ich nicht noch mal operiert werden musste. Die Angst und die Anspannung vor einer erneuten Operation, die letztlich auch ein weiteres Risiko mit sich bringen würde, hatte er mir damit erspart.

Den ersten Tag nach der OP hätte ich unmöglich alleine zu Hause bleiben können. Die Klinik hatte schon darauf hingewiesen, dass es unbedingt erforderlich sei, in den ersten vierundzwanzig Stunden nach der Entlassung jemanden in der Nähe zu haben. Wo das nicht gegeben war, musste der Patient noch einen Tag länger in der Klinik bleiben. Rückblickend waren es weit mehr als vierundzwanzig Stunden, die ich nicht hätte alleine bleiben können.

Die ersten sechs Wochen nach der Liposuktion

Zwei Tage nach der Operation – am Samstag – durfte ich unter die Dusche. Das war mein erster Gedanke, als ich morgens aufwachte. Eine Dusche hatte ich dringend nötig, schließlich hatte ich seit vier Tagen kein Wasser an meinen Körper gelassen. Der zweite Gedanke war: Wie sollte das funktionieren?

Würde mir so schlecht werden wie tags zuvor? Würde ich alleine stehen können? Das Mieder müsste komplett ausgezogen werden, die »Tupfer« von den Wunden entfernt. Wie würde es unter dem Mieder aussehen? Ich würde zum ersten Mal seit der Fettabsaugung meine Beine sehen können. Ich entschloss mich, das Duschen auf den Nachmittag zu verlegen, bis dahin hatte ich genügend Zeit, meinen Kreislauf zu testen.

Auf jeden Fall wollte ich mich an dem Tag zum ersten Mal ganz genau im Spiegel betrachten. Ohne Hilfe konnte ich wiederum nicht aufstehen. Kreislaufmäßig ging es mir heute noch nicht wesentlich besser. Keine fünf Schritte hätte ich alleine gehen können – und das blieb noch das ganze Wochenende so.

Es war so weit! Ich konnte es kaum erwarten! Nun kam der Augenblick der Wahrheit! Endlich stand ich vor dem Spiegel. Zwar erst einmal »angezogen« – aber egal. Was ich da sah, war geradezu sensationell! Das sollten meine Beine sein? Ich musste mir die Augen reiben. Konnte es tatsächlich sein, dass diese Beine nun zu meinem restlichen Körper passten? Die Reiterhosen schienen weg zu sein. Alles wirkte viel schmaler: Po, Hüften, Oberschenkel und sogar Knie. Tränen liefen mir über die Wangen. Ich war überglücklich! Ich hatte viel erwartet, aber lange nicht dieses Ergebnis. Es war ein unbeschreibliches Gefühl!

Das war die erste Begegnung mit meinem neuen ICH. Zu gerne nahm ich jetzt die Schmerzen in Kauf. Ich wusste ja nun, wofür es war.

Ein Tag voller Ereignisse. Das Mieder musste runter, damit ich duschen konnte. Kein schönes Thema, aber man sollte wissen, worauf man sich einlässt. Schon beim Ausziehen des Mieders gab es Schwierigkeiten. So musste ich mich mehrfach zwischendurch auf den Badewannenrand setzen, weil ich vor Schwindel nicht länger stehen konnte. Geschafft! Das, was jetzt zum Vorschein kam, war alles andere als angenehm. Es war sozusagen schrecklich! Meine Beine hatten die Farbe einer Aubergine, die »Tupfer«, teils blutgetränkt, fielen auf den Boden. Meinem Mann konnte ich diesen Anblick leider nicht ersparen, denn ich war auf seine Hilfe angewiesen. Auch er guckte entsetzt. Mein Anblick war schließlich alles andere als schön. (Aber hatten wir uns nicht auch einmal versprochen: In guten wie in schlechten Zeiten?) Er versuchte jedenfalls sich nichts anmerken zu lassen. Das rechne ich ihm hoch an. Das Einzige, was diese Situation für mich erträglich machte, waren die »neu geformten« Beine, über die ich immens glücklich war. Alles andere würde mit der Zeit schon werden.

Das Duschen erwies sich als schwierig, aber wir bekamen es gemeinsam hin.

Nachdem ich ein appetitloses Wochenende mit sehr viel Schlafen verbracht hatte, ging es am Montagnachmittag zum Ziehen der Fäden in die chirurgische Praxis.

Und schon wieder war ich schrecklich nervös. Fädenziehen bei vierzehn Einschnitten? Na, das konnte ja heiter werden. Außerdem hatte ich mich in der Arbeit für diesen Tag krank melden müssen. Die Schmerzen waren hierfür nicht der Grund, damit konnte ich umgehen. Die Übelkeit und mein schlechter Kreislauf machten mir zu schaffen. Mein Mann musste mich zu der ersten Nachuntersuchung fahren, alleine wäre ich dazu nicht in der Lage gewesen.

Mein Arzt schaute mich nur an und wusste sofort, was los war. Ich sah aus wie eine lebendige Leiche. Mein Gesicht war kreidebleich. Für den Rest der Woche schrieb er mich krank. Da es die Woche vor Ostern war, betraf es lediglich insgesamt vier Tage (Montag bis Donnerstag) Dann verschrieb er mir Medikamente zur Stabilisierung des Kreislaufs. Das Fädenziehen, der eigentliche Anlass des Arztbesuchs, war nicht schlimm. Ein wenig Kitzeln und Ziepen, das war es auch schon. Das anschließende Anziehen des Mieders war deutlich schlimmer. Sie müssen sich vorstellen: Das Mieder ist knalleng, gibt kaum nach und die Beine sind mächtig geschwollen. Sie haben Blutergüsse und sind aufgrund der Absaugtechnik, mit dem Aufrauen unter der Oberhaut, dort auch wund.

Dennoch war Dr. Nathrath mit seiner Arbeit sehr zufrieden – und ich konnte ihm nur beipflichten. Dass ein Wunder meine Beine während des Eingriffs hätte zehn Zentimeter länger werden lassen, darüber wollte ich nicht weiter nachdenken … Nein, im Ernst, auch ich war der Meinung, er hatte getan, was bei meinen Beinen möglich gewesen war. Ich war jedenfalls schon jetzt zufrieden, soweit ich es als Laie zu diesem Zeitpunkt beurteilen konnte. Zehn Tage später sollte ich erneut zur Kontrolle kommen. Ich verabschiedete mich. An der Rezeption sollte ich noch die Krankschreibung bekommen sowie den Namen einer Salbe, mit der ich mir zwei Monate lang dreimal täglich die Beine eincremen sollte. Aber dazu später.

Ein Blick auf die Krankschreibung reichte aus. Die konnte ich unmöglich in der Arbeit vorlegen. Eine Krankschreibung von einem Facharzt für Plastische Chirurgie! Was würde man denken? Nein, das ging auf keinen Fall! Das war mir wirklich zu peinlich und ich fühlte mich dabei unbehaglich. Schnell entschied ich mich, dass wir noch meinen Hausarzt aufsuchen müssten. Das bedeutete zwar einen Weg quer durch die Stadt, aber das war mir egal. Lieber würde ich ihm »beichten«, was ich getan hatte; diskutieren, so nahm ich mir vor, würde ich nicht. Gesagt, getan.

Mein Hausarzt bemühte sich um Verständnis. Er schüttelte nur den Kopf, ersparte mir aber etwaige Vorwürfe und schrieb mich ebenfalls bis einschließlich Donnerstag krank. Diese Krankschreibung konnte ich nun bei meinem Arbeitgeber einreichen, ohne gleich »Rufschädigung« befürchten zu müssen.

Am Dienstag, also fünf Tage nach dem Eingriff, musste ich mich zum ersten Mal eincremen – und danach dreimal am Tag! Dies hieß für mich jedes Mal das Mieder auszuziehen und meine auberginefarbenen, »demolierten« Beine mit einer Salbe eincremen, die sich zudem äußerst schlecht verreiben ließ. Hinterher musste ich mich jedes Mal wieder in dieses unbequeme »Korsett« zwängen. Beides – Korsett wie Eincremen – zählte zu den schlimmsten Prozeduren nach der Operation. Nicht nur, dass es sehr viel Zeit kostete, es war auch unangenehm, tat ziemlich weh und wurde auch ganz schön teuer. Die Salbe gab es nicht auf Rezept. Hier entstanden Kosten, die ich nicht mit einkalkuliert hatte. Insgesamt gab ich in den nächsten zwei Monaten noch circa 200 DM dafür aus. Eine nicht unerhebliche Summe, wie ich fand. Die gesamten Nachuntersuchungen waren jedoch im Preis inbegriffen.

Dr. Nathrath empfahl mir, mich weiterhin viel zu bewegen. Spazieren gehen sei am sinnvollsten. Tennis spielen, Squash oder gar Reiten war ein halbes Jahr lang nicht erlaubt, das würde die frisch operierten Beine zu sehr strapazieren. Ein halbes Jahr lang keinen Sport betreiben, damit konnte ich mich arrangieren. Außerdem wies Dr. Nathrath mich darauf hin, dass in der ersten Zeit abends die Beine dicker sein würden als morgens. Ich solle mir keine Sorgen machen, diese Schwellungen seien völlig normal.

Nach Ostern, zwölf Tage nach der Fettabsaugung, hatte ich meinen ersten »schlanken« Arbeitstag. Lange überlegte ich, was ich anziehen sollte. Immerhin hatte ich »offiziell« weitere zwölf Tage Diät hinter mir. Das Mieder trug, wie Sie wissen, mit meinen noch immer geschwollenen Beinen, ein wenig auf. Das war gut so. Hüften und Po konnte ich mit langen und weiten Sachen ganz gut kaschieren. Diese Vorgehensweise funktionierte relativ gut. Bis zum Urlaub wollte ich mich so kleiden, bis dahin waren es noch gute vier Wochen. So lange musste ich auch das Mieder noch tragen und hoffte, dass keiner etwas merkte. Im Urlaub stand dann ein Garderobenwechsel an; dann war auch genug Zeit vergangen seit dem Start meiner »Diät«, von der ich Bekannten, Kollegen und einigen Freunden erzählt hatte. Dr. Nathrath hatte mir allerdings davon abgeraten, zu viel Geld in neue Sachen zu investieren, denn meine neue »Endfigur« würde erst innerhalb des folgenden Jahres entstehen. Aber was sein musste, musste sein. Und ich freute mich darauf!

Der Mai war kühl und durchwachsen, was mir sehr entgegen kam. Insofern musste ich mich zumindest mit meiner »doppelten Schicht« nicht totschwitzen.

Es war so weit. Der Urlaub kam und endlich durfte ich mich auch von meinem »heißgeliebten« Mieder trennen. So sehr ich mich danach gesehnt hatte, es los zu werden, um so komischer war das Gefühl in den Beinen ohne dieses Teil. Ob Sie es glauben oder nicht, auf dem Flug nach Andalusien trug ich das Mieder; meine Beine fühlten sich ohne es so ungeschützt an. Ich befürchtete beispielsweise eine kantige Tasche gegen die Beine geschubst zu bekommen. Im Grunde war alles doch noch relativ »frisch«.

Die blauen Flecken und etwaige Verhärtungen waren Dank regelmäßigen Cremens so gut wie weg. Die Beine waren größtenteils bereits ansehnlich. Der Urlaub konnte kommen!

Urlaub

Es war ein unglaubliches Gefühl, mit »schlanken« Beinen – für meine Verhältnisse waren sie das – in den Urlaub zu fahren! Es war phantastisch. Mein »neuer« Körper gefiel mir supergut und ich fühlte mich darin pudelwohl. Die letzten Wochen hatte ich mich im Spiegel nicht satt sehen können. Immer und immer wieder stand ich davor, um mich von allen Seiten zu betrachten. Die Schwellungen waren um einiges zurückgegangen. Und jetzt, ohne das Mieder, waren meine alten Hosen hoffnungslos zu groß. Nun hieß es: Shopping in Spanien!

Aber das war leichter gesagt als getan. Früher konnte ich Hosen hochhalten und anhand des Schnittes sehen, ob sich das Anprobieren überhaupt lohnen könnte. Jetzt hatte sich die ganze Figur verschoben und abgesehen davon wusste ich nicht einmal, nach welcher Größe ich überhaupt suchen sollte.

Neue Größe, neuer Schnitt! Das hieß für mich probieren und nochmals probieren. Ich hatte jede Menge Spaß dabei. Für meinen Mann bedeutete das allerdings: absolute Höchststrafe! Ich denke, die wenigsten Männer lieben es, mit ihren Frauen einkaufen zu gehen. Bisher hatte ich stets recht zielstrebig nach bestimmten Sachen gesucht. In dieser neuen Situation war es anders. Wir gingen von Geschäft zu Geschäft. Alle Hosen, die mir gefielen, nahm ich mit in die Umkleidekabine, um sie anzuprobieren. Relativ schnell bekam ich heraus, dass ich zuerst bei Kleidergröße 38 schauen musste. Das war ein Gefühl – Hosen in Größe 38 anprobieren zu können – wunderbar! Ich probierte sogar Hüfthosen. Das war vorher undenkbar gewesen. Jetzt gefiel ich mir in diesem Schnitt gut, fand es fetzig. Und ganz wichtig dabei: Ich brauchte keine langen Sachen mehr darüber zu tragen, musste Po und Oberschenkel nicht mehr kaschieren! Mein größter Wunsch war in Erfüllung gegangen! Einfach eine Jeans und eine enge Bluse oder ein kurzes T-Shirt dazu anziehen – ganz ohne langen Blazer oder eine Weste. »Spieglein, Spieglein an der Wand, wer ist die Schönste im ganzen Land ...« Hätte mich jemand in der ersten Phase nach meiner Operation beobachtet – zweifellos hätte er an meinem Verstand gezweifelt.

Erst nach und nach konnte ich so richtig begreifen, dass es meine Problemzonen nicht mehr gab. Sicherlich, ich war nicht dünn oder gertenschlank, das würde ich nie sein. Aber für meine Verhältnisse, und das war ja das Ausschlaggebende, war ich mit mir im Reinen. Nach diesem Gefühl hatte ich mich ein Leben lang gesehnt – und nun war es endlich da! Letztlich hatte ich den Eingriff für mich vornehmen lassen – für mein Selbstwertgefühl! Ich war der Meinung, dass man mit einer Körpergröße von 1,68 Meter und mit Mitte 30 ruhig Kleidergröße 38 tragen durfte.

Im Urlaub musste ich mich ausschließlich im Schatten aufhalten. Doch das wusste ich bereits vorher. Nach solchen Eingriffen soll man etwa ein halbes Jahr lang die direkte Sonne meiden. Schatten ist sowieso viel hautverträglicher. Aber auch ohne Sonnenbaden habe ich diesen Urlaub absolut genießen können. Und wie!

Und soll ich Ihnen noch etwas verraten? Ich habe mir meinen ersten Hosenanzug gekauft. Beigefarben mit kurzem Sakko, die Hose auf Hüfte geschnitten. Und das Beste dabei: Ich musste nichts ändern lassen, konnte den Hosenanzug einfach von der Stange kaufen; nie zuvor war das möglich gewesen!

Meinen neu modellierten Körper fand ich einfach klasse. Ein wunderbares Gefühl!

Ich kaufte schließlich während meines Urlaubes mehrere Hosen, Oberteile und natürlich Schuhe. Jetzt, mit korrekt sitzenden Hosen, war natürlich auch nicht mehr zu übersehen, dass ich wesentlich schmaler geworden war. Natürlich hatte ich mich für figurbetonte Outfits entschieden. Ich hatte nun eine viel größere Auswahl in den Geschäften, musste mich nicht mehr beschränken auf lange Blusen und Ähnliches.

Nein, ich konnte mir endlich pfiffige und moderne Sachen kaufen. Ich fand, dass diese mich auch im Großen und Ganzen jünger aussehen ließen – und welche Frau möchte nicht jünger wirken?

Als Fazit kann ich sagen: Der Urlaub wurde sehr teuer. Mein Mann resümierte schließlich mit einem Grinsen im Gesicht, er würde sich bei meinem Arzt beschweren, denn er habe im Preisangebot nicht darauf hingewiesen, dass hinterher der gesamte Kleiderschrank neu gefüllt werden müsse. Dieses seien schließlich nicht unerhebliche Kosten. Aber das meinte er nicht böse, er freute sich mit mir und wollte mich mit solchen Äußerungen eher auf den Arm nehmen.

Traum oder Wirklichkeit?

Manchmal bat ich meinen Mann, mich in den Arm zu kneifen. Zu groß war die Angst, nur in einem schönen Traum gelandet zu sein. Das Problem hatte mich lange Jahre begleitet, mich stets belastet und oft sogar verunsichert. Verunsichert deswegen, weil ich mich nie wohl in meiner Haut gefühlt hatte. Das sollte nun endgültig vorbei sein! Ich hatte das Gefühl im Laufe jenes Sommers zu einer ganz neuen Selbstwahrnehmung zu finden. Ich fing an mein »neues« Leben zu genießen. Erst langsam konnte ich glauben, dass mein Problem nicht mehr existierte. Um mich zu vergewissern, dass es tatsächlich so war, probierte ich oft alte Hosen zu Hause an (einige hatte ich extra dafür behalten). Sie hingen mittlerweile wie Säcke an mir herunter – das war jedes Mal ein unglaublich gutes Gefühl!

Nun kam es mir auch in den Sinn, mich mit meinen Freunden am See zum Baden zu verabreden. Ich würde mich nicht mehr schämen müssen. Früher war ich dazu viel zu gehemmt gewesen. Nicht, dass meine Freunde abfällige Bemerkungen über meine Figur gemacht hätten. Ich selbst hatte mich ihren Blicken nicht aussetzen wollen. Ich hätte mich absolut unwohl gefühlt, hatte es mir deshalb gleich erspart. So war früher im Sommer der Garten zu meinem liebsten Aufenthaltsort geworden. Jetzt hatte sich mir eine neue Welt eröffnet. Allein durch die Tatsache, dass ich mich freier und selbstsicherer fühlte.

Wahrnehmung durch meine Umwelt

Nach dem Urlaub ging es wieder in die Arbeit und es folgten auch viele Verabredungen mit Freunden und Bekannten, denen ich nichts von meinem »Unterfangen« erzählt hatte. Natürlich kam nun auch unweigerlich immer öfter die Frage, ob ich abgenommen hätte; viele fragten auch, ob ich schmaler geworden sei. Es bereitete mir jedes Mal ein inneres Hochgefühl, wenn ich diese Frage hörte. Eine Freude, die ich kaum verbergen konnte. Freut sich nicht schließlich jeder, der mit Figurproblemen behaftet ist, wenn es mit dem »Abspecken« geklappt hat und die Umwelt es zudem auch wahrnimmt?

Die Frage nach der Gewichtsreduktion konnte ich nur bejahen, was ja auch nicht ganz falsch war. Das hieß aber nicht, dass ich meinen Freunden die Wahrheit erzählte. Dazu gleich mehr.

Für die Frage nach meiner speziellen Diät dachte ich mir Folgendes aus: Bei »meiner Diät« gab es fast ausschließlich Gemüse, abends mit gedünstetem Fisch oder gegrilltem Geflügel, nur drei Mahlzeiten am Tag – ganz wichtig, nichts zwischendurch essen! Alles musste fettarm sein, Kohlehydrate waren erlaubt. Es musste viel getrunken werden. Selbstverständlich musste die Diät konsequent eingehalten werden. Dazu alle zwei Tage für vierzig Minuten auf dem Trimmrad im Fettverbrennungsbereich radeln. Um dieses zu gewährleisten, gab und gibt es ja heutzutage alle erdenklichen und unterstützenden »Geräte«, »Brustgurte« etc.

Jeder nahm mir diese Geschichte ab, nicht einer stellte sie in Frage. Einige wollten diese grandiose und wirkungsvolle Diät sogar ebenfalls probieren. Man beglückwünschte mich von allen Seiten für meinen Erfolg; viele fragten sich wahrscheinlich, wann der so genannte Jo-Jo-Effekt bei mir auftreten würde. Oft wurde die Frage aufgeworfen, ob ich meine Figur wohl würde halten können. Sie kennen das ja, in solch einem Moment machen sich auf einmal alle fürchterlich »Gedanken« um einen. Dass bei mir kein Jo-Jo-Effekt auftreten würde, konnten sie weder wissen noch ahnen – denn, so hieß es, einmal abgesaugte Fettzellen kämen nicht wieder. Mein Arzt hatte mir jedoch erläutert, dass er, sollte ich künftig extrem viel und fettreich essen, für nichts garantieren könne. Dann wäre die neue Form der Beine möglicherweise gefährdet. Außerdem kann man an verschiedenen anderen Stellen des Körpers Fett ansetzen. Einen Freibrief zum hemmungslosen Essen hatte ich also nicht bekommen. Bei einer ausgewogenen Ernährung bräuchte ich mit neuerlichen »Verunstaltungen« meiner früheren Problemzonen aber nicht zu rechnen.

So schön all die Komplimente für mich waren und so sehr ich sie auch genoss und innerlich »aufsog«, belastete mich doch mein schlechtes Gewissen, weil ich häufig lügen »musste«. Da ich eigentlich ein sehr geradliniger Mensch bin, fiel mir das oft nicht leicht.

Mein Mann zeigte Verständnis für meine Zurückhaltung bei der Wahrheit. Er hätte auch keine Lust gehabt, jedem meine »Story« zu erzählen und jeden an meinen früheren Problemen teilhaben zu lassen. Er akzeptierte mein Verhalten und wäre niemals auf die Idee gekommen, jemandem davon zu erzählen, ohne es vorher mit mir abzusprechen. Wenn jemand darüber sprach, dann war ich es – dann war es auch okay für ihn. Für seine ganze Unterstützung – für ihn war es sicherlich in vielen Situationen nicht einfach – bin ich ihm unendlich dankbar.

Schönheitsoperationen machen nur andere ...

Sicherlich fragen Sie sich, warum die Leute mir meine Diät-Geschichte abnahmen? Vielleicht können Sie auch nicht verstehen, warum ich nicht einfach die Wahrheit gesagt habe. Dazu erzähle ich Ihnen nur kurz eine beispielhafte Begebenheit: Ein wirklich netter Kollege, mit dem ich mich recht gut verstand, sprach mich an. Er räusperte sich – es ist ja auch ein heikles Thema – und sagte: »Ich muss dich die ganze Zeit über schon anschauen. Sag mal, kann es sein, dass du ganz schön viel abgenommen hast?« Das bejahte ich gerne. Da er selbst ein wenig zu viel auf den Rippen hatte, wollte er natürlich wissen, was ich unternommen hatte, um so eine Wirkung zu erzielen. Er fand es toll, wie gut ich abgenommen hatte. Sollte ich ihm jetzt etwa freundschaftlich die Hand auf die Schulter legen und ihm sagen: »Du, ich habe mir Fett absaugen lassen!« Nein, dass war mir nun wirklich viel zu peinlich und zu intim – und natürlich: Warum sollte ich mich »outen«? Ich ging davon aus, dass es früher oder später wie ein Lauffeuer durch die Firma gegangen wäre. Endlich eine, die man persönlich kannte, die so etwas hatte machen lassen. Das wäre ein Thema gewesen! Und ich ging davon aus, dass mich die meisten, sobald sie davon erfahren hatten, genau taxiert hätten. So, wie ich es bereits erlebt hatte, bei denen, denen ich im Vorfeld davon erzählt hatte. In der konservativen und etwas spießigen Firma, in der ich damals tätig war, wäre das eine kleine Sensation gewesen. Vielleicht hätte der eine oder andere mich angesprochen, um Details über den Eingriff zu erfahren. Das entscheidende Motiv dafür wäre zweifellos die Neugier gewesen.

Es war schon erstaunlich, dass alle, aber auch wirklich alle, mir meine Geschichte von der Diät abnahmen. Aus keiner Richtung schlug mir Argwohn entgegen. Das lag wohl daran, dass die meisten, von den ihnen persönlich bekannten Menschen, eher eine »normale« Diät erwarteten. Sie waren weit von dem Gedanken entfernt, ich hätte mir Fett absaugen lassen. Das begründete sich wohl in der Annahme – ich erwähnte das bereits –, dass Schönheitsoperationen nur wenigen »Berufsgruppen« und somit auch nur einem relativ eingeschränkten Personenkreis »vorbehalten« sind, vielleicht auch noch Personen, die damit ins Fernsehen kamen und so den Eingriff finanzieren konnten, eventuell mit der nachträglichen Teilnahme an einer Talkshow. Oft war es sicherlich auch eine Frage des Geldes. Schönheitsoperationen waren teuer und somit nicht für jeden erschwinglich. Wer hatte mal eben 11.000 DM auf der hohen Kante?

Aber noch einmal zurück zur Situation mit meinem etwas rundlichen Kollegen. Ich konnte ihm nicht sagen, dass ich mir hatte Fett absaugen lassen. Das brachte ich einfach nicht fertig.
  Lieber log ich, obwohl ich mich beim Lügen unbehaglich fühlte. Das passte einfach nicht zu mir. Die Wahrheit preiszugeben, wäre jedoch um einiges Schlimmer für mich gewesen! Ich sah diese Lügen als Notlügen an und gewissermaßen auch als Selbstschutz. Ich wollte nicht, dass über mich gelästert wurde, wollte mich auch nicht dem Neid der anderen aussetzen. Zu groß war die Angst vor dem möglichen Gerede und vor Verurteilungen hinter meinem Rücken – die Angst

vor Missgunst, Unwissenheit und dem Unverständnis meiner Umwelt. Ich glaube nicht, dass ich mit meiner Annahme über das Verhalten meiner Umwelt falsch lag oder liege. Hörte ich nicht ständig abfällige Bemerkungen, wenn andere Leute sich über dieses Thema unterhielten? Wenn herausgekommen war, dass wieder jemand, der in der Öffentlichkeit stand, etwas hatte machen lassen? Fast jeder maßte sich an, seine Meinung darüber kundzutun und sein Urteil abzugeben; darüber, wie der Eingriff gelungen war und warum jemand so etwas überhaupt machte. Zumeist wurden Werturteile gefällt, die begannen mit: »Wie kann man nur ...« oder »Dafür habe ich absolut kein Verständnis ...«

Das Lügen war aus meiner Sicht also nicht zu vermeiden. Wäre mein Eingriff nicht so positiv verlaufen, hätte es sicherlich nicht so viele Nachfragen nach meiner »Diät« gegeben. Das gute Resultat versetzte mich somit ab und zu in die Verlegenheit, die Wahrheit ein wenig manipulieren zu müssen. Damit konnte ich jedoch umgehen. Aber hat nicht jeder das Recht auf kleine Geheimnisse?

Bei Schönheitsoperationen – sei es nun eine Brustvergrößerung, ein Face-Lifting oder eine Nasenkorrektur – gehen nur die wenigsten mit ihrem Makel »hausieren«, sofern damit für sie ein tiefgreifendes reales Problem verbunden war; einmal abgesehen von einigen »großbusigen« und tief dekolletierten »Ladys«, die es förmlich darauf anzulegen scheinen, ins Gespräch zu kommen.

Kaum einer wird sich vor vielen anderen selbst darstellen wollen, seine intimsten Probleme offenbaren. Warum auch? In der Gesellschaft sind Operationen, die in die Natur des Körpers eingreifen, aber medizinisch nicht notwendig sind, sehr umstritten. Deshalb verheimlicht man solche Operationen lieber. Wer gibt schon gerne zu, dass er nicht makellos ist und folglich mit dem Skalpell nachgeholfen hat? Wäre man nicht gerne im Sinne der Zeit »natürlich schön«? Wird nicht fast ausschließlich die »natürliche Schönheit« propagiert? Das wäre eine Erklärung dafür, warum das Thema Schönheitsoperation in unserer Gesellschaft auch ein Tabuthema ist. Man macht es, aber man spricht nicht darüber. Und wehe, man wird erwischt. Promis finden sich dann gleich auf dem Titelblatt der Tageszeitung wieder. Genau hier liegt das Problem, liegt der Widerspruch: Nie war das Thema Schönheitsoperation aktueller als heute. Es ist ein Zuschauermagnet für Fernsehreportagen, genau wie einige andere strittige Themen auch. Mittlerweile bekommt man die »Schönheit« auch schon auf Raten. Sie wird dadurch für einen größeren Personenkreis erschwinglich. Sicher – vor vier Jahren sah die Welt noch ein wenig anders aus, aber vielleicht wissen wir nur nichts von Eingriffen bei Freunden, Bekannten oder Kollegen. Nicht jeder Eingriff war so »offensichtlich« wie meiner. Wenn man den Statistiken und den Medien Glauben schenkt, sind die Zuwachsraten bei Schönheitsoperationen in den letzten Jahren enorm gestiegen.

Auch wenn Schönheitsoperationen heutzutage aktuell sind und »boomen«, ist es für die Betroffenen nicht notwendigerweise leichter, damit umzugehen.

»Spätfolgen«

Ich entschloss mich, meine Geschichte niederzuschreiben, um anderen Mut zu machen. Außerdem wollte ich den Entschluss zu einer solchen Entscheidung von mehreren Seiten beleuchten. Nicht zuletzt erfährt man in den Medien nie, wie es mit den »Patientinnen« und »Patienten« weiterging. Daher möchte ich auch von der Zeit berichten, die nur noch mittelbar von der Liposuktion geprägt war.

Wenn Sie jetzt annehmen, dass nach einigen wenigen Wochen alles ausgestanden war, dann täuschen Sie sich. Selbst viele Wochen nach der Operation spürte ich in meinen Beinen hier und da noch kleinere Verhärtungen; nicht schlimm, aber sie störten mich. Bei meinem nächsten Nachsorgetermin riet mir mein Arzt zu Lymphdrainage-Massagen, die den weiteren Heilungsprozess unterstützen würden. Um das bestmögliche Resultat zu erzielen, meldete ich mich zu diesen Massagen an. Die Praxis empfahl mir zehn Massagen (à 70 DM), die also nochmals 700 DM kosten würden, die ich nicht einkalkuliert hatte.

Gut, dies war meine freie Entscheidung, aber würden Sie nicht auch den Empfehlungen der Fachleute folgen? Im Nachhinein muss ich sagen, dass die Lymphdrainage-Massagen ihr Geld unbedingt wert waren. Das Gewebe der Beine wurde relativ schnell glatt und weich. Auch Dr. Nathrath war positiv überrascht, welche Erfolge ich damit erzielt hatte. Er bat mich aufgrund des sehr guten Gesamtergebnisses, erneut Fotos machen zu dürfen. Diese sollten für seine Unterlagen und für diverse medizinische Seminare bestimmt sein. Ich hatte nichts dagegen, schließlich war ich stolz auf meine »neuen« Beine.

Man dürfe aber nicht vergessen, ließ er mich wissen, dass ich noch immer ganz leichte Schwellungen in den Beinen hätte. Immer wieder – der Arzt – sollte ich mir ins Gedächtnis rufen, dass der endgültige Zustand erst nach etwa einem Jahr erreicht sein würde. In dieser Zeit hatte ich manchmal das Gefühl, meine Beine gehörten nicht richtig zu mir, ich habe sie nicht unter Kontrolle. Meine motorische Koordination empfand ich teilweise als »eingeschränkt«, es war ein komisches, schwer zu beschreibendes Gefühl. Sie wissen ja, dass ich sehr sportlich war – und dafür war eine gute Koordination Voraussetzung, sodass ich weiß, wovon ich spreche. Aber Sport war eh erst einmal verboten, dann käme der Winter und danach würde die Welt wieder anders aussehen.

Ungefähr ein Jahr nach dem Eingriff, im nächsten Frühling, hatte sich alles richtig eingespielt. Erst jetzt hatte ich wieder das Gefühl 100-prozentiger Fitness in den Beinen, empfand meine Beine nicht mehr als fremd und nicht ganz zu mir gehörend. Ich brauche Ihnen nicht zu sagen, wie froh ich darüber war, denn ich hatte mir über diese merkwürdigen Empfindungen schon einige Gedanken gemacht!

Heute – vier Jahre später

Im Rückblick kann ich nur sagen, dass ich nie bereut habe, mich damals zu diesem Schritt entschlossen zu haben. Die Zeit nach der Fettabsaugung war schwieriger, als ich zuvor angenommen hatte, der Heilungsprozess langwieriger als gedacht, auch langwieriger, als die Medien es suggeriert hatten.

In den letzten Jahren habe ich den Inhalt meines Kleiderschrankes komplett ausgewechselt. Alles wurde durch schicke und pfiffige Mode ersetzt. Ich habe einen völlig neuen Kleidungsstil entwickelt, der mir vorher nicht möglich war. Dadurch fühle ich mich in meiner Haut sehr viel wohler und attraktiver, fühle mich auch jünger. Häufig bekomme ich Komplimente, die natürlich zu einem gesunden Selbstwertgefühl beitragen und auch sonst sehr wohltuend sind. Ich erlebe immer wieder, dass alte Bekannte, die ich einige Jahre nicht gesehen habe und nun zufällig treffe, mich im ersten Moment nicht erkennen.

Meine Komplexe sind wie weggeblasen. Generell bin ich anderen gegenüber wesentlich aufgeschlossener geworden. Ich kann jetzt ohne Hemmungen auf meine Mitmenschen zugehen und tue dies auch. Mit der Zeit konnte ich ein völlig neues Lebensgefühl entwickeln und dieses auch ganz bewusst und intensiv genießen. Mir geht es einfach wunderbar und dadurch fällt mir vieles in meinem Umfeld leichter. Durch die Liposuktion wurde mir eine unendliche Last genommen. Ich fühle mich als neuer Mensch. Endlich kann ich sagen: »Ich bin im Einklang mit mir!« Und das tut ausgesprochen gut! Diese positive Grundstimmung überträgt sich auf viele weitere Lebensbereiche.

Ein Traum ist für mich wahr geworden. Es war das schönste Geschenk, das mein Mann mir hat machen können. Er selbst sagt, er sei der Nutznießer, weil er merkt, wie wohl ich mich fühle. Diesen positiven Wandel hätte er nicht erwartet. Ich übrigens auch nicht, hatte im Geheimen aber sehr darauf gehofft.

Meine Freundin Melanie, die zur Zeit meiner Liposuktion ihre Nase korrigieren ließ, empfindet ähnlich. Auch sie genießt, noch Jahre nach dem Eingriff, ihr neues Lebensgefühl in vollen Zügen.

Das neue Lebensgefühl – und wie geht es weiter?

Ich muss Ihnen ergänzend auf jeden Fall berichten, dass ich seit über drei Jahren regelmäßig dreimal pro Woche, Bauch-, Beine-, Po-Gymnastik mache. Ein ziemlich langweiliges Unterfangen. In diesem Sommer habe ich mich der Trendsportart Nordic-Walking (Informationen darüber finden Sie im Schlussteil des Buches) angeschlossen. Ein- bis zweimal die Woche walke ich regelmäßig circa eine Stunde mit einer Freundin über Wiesen und Felder. Das macht jedenfalls mehr Spaß als Bauch-Beine-Po. Meine größte Motivation ist hierbei die stetige Angst, an meiner Figur könne sich doch wieder etwas zum Negativen verändern. Im Beinbereich erscheint es eher recht unwahrscheinlich. Ich möchte trotzdem nichts unversucht lassen, damit alles so bleibt, wie es ist! Mein jetziges Leben gefällt mir zu gut! Meinen »neuen Körper« habe ich ganz und gar akzeptiert, er gehört zu mir – und ich bin glücklich mit ihm. Außerdem ist es gut, regelmäßig etwas für seinen Körper zu tun. Ich mag Bewegung und das fällt leichter, wenn man sich schon von Grund auf besser fühlt. An meinem Körpergewicht hat sich in den letzten Jahren nichts verändert, darauf bin ich sehr stolz. Ich achte auf mein Gewicht und versuche, mich gesund und abwechslungsreich zu ernähren. Bis zum heutigen Tag konnte ich keine »erschreckenden« Veränderungen an meiner neuen Figur feststellen.

Der Eingriff hat bislang gehalten, was er versprochen hat! Ich wünsche mir von ganzem Herzen, dass dies auch in Zukunft so bleibt! Ich zehre nachhaltig, und ich möchte betonen: nur positiv, von meiner damaligen Entscheidung zu diesem Schritt. Ich weiß, dass ich, sollte ich zu viel und unbedacht essen, meine neue Figur langfristig nicht halten könnte. Dann würden vermutlich – oder besser: wahrscheinlich – andere Problemzonen, wie zum Beispiel ein fülliger Bauch, auftreten. Die Schuld müsste ich einzig und allein bei mir suchen.

Ich möchte damit sagen, dass sich Probleme wie zum Beispiel Liebeskummer, Sorgen im Beruf oder Geldsorgen, die zum Essen verleiten können, durch Fettabsaugungen und etwaige andere Eingriffe nicht beheben lassen.

Die Ursache meines damaligen Problems – insgesamt falsche Proportionen – konnte behoben werden. Wie Sie wissen, hatte ich nichts »Natürliches« unversucht gelassen, um meine Beine schmaler werden zu lassen.

Ich nutze dieses überaus gute Gefühl derzeit, weil ich es mehr und mehr genießen kann. Ich sitze sozusagen in den »Startlöchern« für neue Herausforderungen. Meine positive Ausstrahlung ebnet mir dabei einige Wege. So habe ich mich beruflich neu orientiert. Ich weiß nicht, ob ich mich ohne meine Erfahrungen hätte dazu hinreißen lassen, mich selbstständig zu machen. Oder auch dieses Buch zu verfassen – ein Projekt der ganz anderen Art für mich! Ich bin jetzt in der Lage, mich auf verschiedene, neue Sachen einzulassen. Und dabei spielt es sicher eine entscheidende Rolle, ob man mit sich selbst im Reinen ist.

Nachwort

Bei der Frage, ob sich für mich der Eingriff gelohnt hat und ob er mir das gebracht hat, was ich mir erhofft hatte, kann ich nur von ganzem Herzen sagen: »Ja! Und sogar mehr.« Melanie und ich sind uns einig, wir beide würden diesen Schritt wieder gehen – uns wieder dafür entscheiden. Nicht eine Sekunde haben wir unsere Entscheidung bereut.

In den Medien endet ein Bericht über Schönheitsoperationen leider zumeist mit der Momentaufnahme vom ersten Eindruck des Patienten nach der Operation. Daher erfährt der Zuschauer in der Regel auch nicht, wie es den Menschen danach ergangen ist. Ob sich der Eingriff für sie persönlich gelohnt hat. Ob sich das Leben für sie dadurch dauerhaft positiv oder vielleicht auch negativ verändert hat. Ob ihre Wünsche und Vorstellungen in Erfüllung gegangen sind. Das finde ich sehr schade, denn ich halte es für sehr wichtig, von der Nachhaltigkeit und dem »Nutzen« einer solchen Entscheidung zu berichten. Ist das nicht die Frage, die sich fast jeder stellt? Was würde es mir letztlich bringen? Was würde sich mittel- und langfristig für mich ändern?

Melanie und ich gehen mittlerweile relativ offen mit der Erfahrung um, die wir machen konnten und durften. Aber wir überlegen stets genau, wem wir von unserer Schönheitsoperation erzählen und wem nicht. Nach wie vor möchte ich nicht darüber diskutieren müssen, dass ich »es« getan habe. So halte ich mich zurück, wenn Menschen meiner Einschätzung nach mit Unverständnis darauf reagieren könnten. Meistens ist diesen Menschen meine Vorgeschichte und der erhebliche Leidensdruck nicht bekannt oder fremd. Nicht alle Menschen müssen alles wissen. Dieses Buch werden hauptsächlich wohl die Betroffenen lesen, die meine Entscheidung sicherlich verstehen können und denen mein Erfahrungsbericht hoffentlich ein wenig Unterstützung geben kann. Vielleicht findet der eine oder andere sich auch in meinen Ausführungen wieder und empfindet dieses Buch als Begleiter auf seinem Weg. Menschen, die jemanden wie Melanie und mich erst einmal für unsere »Tat« verurteilen und dieses Buch aus reinem Interesse lesen, könnte es dazu veranlassen, Schönheitsoperationen und diejenigen, die sich dafür entscheiden, auch einmal aus einem gänzlich anderen Blickwinkel zu betrachten.

Wenn ich mit meinem Erfahrungsbericht das eine oder andere erreicht hätte – und sei es auch nur in Ansätzen – dann hat dieses Buch seinen Sinn erfüllt.

Dass ich den leichtesten Weg gewählt habe – diesen Vorwurf muss ich mir gelegentlich anhören und ich weise ihn weit von mir! Diesen Vorwurf höre ich häufig auch aus Gesprächen heraus, bei denen es um Schönheitsoperationen geht und die Gesprächsteilnehmer nicht wissen, dass sie eine »Betroffene« in ihrer Mitte haben. So etwas können nur diejenigen behaupten, die sich mit der Materie noch nie intensiver befasst haben (ich meine jetzt nicht das Aufspritzen der Lippen in der Mittagspause, abendliche Botox-Partys oder Ähnliches).

Nun stellt sich noch die letzte Frage, ob solch ein gelungener Eingriff die Hemmschwelle für weitere »Korrekturen« sinken lässt. Leider muss ich in diesem Fall sagen: »Ja!« Auch hierin sind Melanie und ich uns einig. Durch die Erfahrung, so viel an Lebensqualität gewonnen zu haben, liegt die Hemmschwelle für einen erneuten Eingriff um einiges niedriger. Fakt ist, dass wir beide kein gravierendes körperliches

Problem mehr haben, das nach Beseitigung oder Korrektur verlangt. Wir haben beide das operativ beseitigen lassen, unter dem wir Jahre hinweg ernsthaft gelitten haben. Keiner unserer jetzigen »Makel« – und wir haben beide noch genug – stellt ein solch konkretes Problem für uns dar, geschweige denn, dass es unser Leben so intensiv und dadurch negativ beeinflusst. Wir haben uns helfen lassen und wir sind beide überaus glücklich und dankbar, dass die Eingriffe für uns in jeder Hinsicht so positiv verlaufen sind – wir hören oft in den Medien von missglückten Eingriffen. Darum dürfen wir bei aller Freude über diesen glücklichen Ausgang nie vergessen: Es hätte auch anders enden können!

Anhang

Fachbegriffe

A

Adrenalin	im Nebennierenmark gebildetes Hormon. Den umgangssprachlichen »Adrenalinstoß« bekommt ein Mensch bei nicht vorhergesehenen, plötzlich eintretenden, häufig bedrohlichen Situationen
äquivalent	gleichwertig, vollwertiger Ersatz
Arrangement	Abmachung, Übereinkommen
Ästhetik	Lehre von den Gesetzen und Grundlagen des Schönen (ansprechend, geschmackvoll)
Anästhesie	Betäubung von Schmerzen
Anästhesist	Narkosefacharzt
Andalusien	Provinz in Südspanien
Auermann, Nadja	weltbekanntes Topmodel
avisieren	etwas ankündigen, jemand in Kenntnis setzen

C

Cellulite	auch bekannt als »Orangenhaut«; ein unebenes Erscheinungsbild der Oberhaut
Chirurg	Operateur

D

Defekt	fehlerhaft, beschädigt, geschwächt
Diät	kalorienreduzierte Kost (oder besondere Kost bei bestimmten Krankheitsbildern)
Diskrepanz	Missverhältnis, Abweichung, Unstimmigkeit, Zwiespalt

E

Effekt	Wirkung, Eindruck
EKG	Abkürzung für Elektrokardiogramm, Aufzeichnung der Herzmuskelströme

Emotion	Gefühls-, Gemütsbewegung
Ethik	Lehre vom sittlichen Verhalten der Menschen
Euphorie	Gefühl gesteigerten Wohlbefindens

F

Face-Lifting	operative Spannung der Hals- und Gesichtshaut
fair	ehrlich, anständig
Fazit	Ergebnis

I

Image	Vorstellung von einer Persönlichkeit, »Leitbild« einer Person
Infundieren	Einführen von Flüssigkeiten in den Körper

J

Jo-Jo-Effekt	Gewichtsreduktion ohne langanhaltenden Abnehmerfolg

K

Kanüle	Röhrchen zum Zu- oder Ableiten von Luft oder Flüssigkeiten
Klon	aus ungeschlechtlicher Fortpflanzung hervorgegangene Nachkommenschaft eines Individuums. Dieses ermöglicht die identische »Nachbildung« eines bereits bestehenden Lebewesens.
Koordination	in diesem Zusammenhang das Zusammenspiel der Muskeln zu bestimmten, beabsichtigten Bewegungen
Koryphäen	absolute Fachleute innerhalb ihrer Sachgebiete

L

Laie	jemand, der von einem bestimmten Fach/Gebiet nichts versteht
Liposuktion	Fettabsaugung
Logik	Lehre von den Formen und Gesetzen richtigen Denkens, Fähigkeit folgerichtig zu denken
Lokalanästhesie	örtliche Betäubung von Schmerzen
Lopez, Jennifer	international anerkannte Pop-Ikone
Lymphdrainagemassage	eine besondere Form der Massage; verschiedene Massagegriffe unterstützen die Entgiftung und Entschlackung des Körpers

M

mechanisch — Lehre von den Kräften und ihren Wirkungen, körperlich gesehen z. B. bei Massagen

mental — geistig in der Vorstellung vorhanden, nur gedacht, unausgesprochen

modellieren — formen, nachbilden

Moral — Sittenlehre, Nutzanwendung im Hinblick auf die Sittenlehre beziehungsweise auf das sittliche Verhalten, Sitte (gute und schlechte), Denkart

N

Narkose — künstlich herbeigeführter, schlafähnlicher Zustand mit Bewusstlosigkeit, also Schmerzunempfindlichkeit

O

outen — ein Begriff aus dem Englischen, der so viel bedeutet wie persönliche Details offen legen oder preisgeben

P

pauschal — Preis für alles zusammen statt einzelner Zahlungen (einzelne Summen oder Leistungen zusammengerechnet)

Physiologie — Lehre von Lebensvorgängen, von den Vorgängen im (gesunden) Lebewesen

physisch — körperlich, natürlich, in der Natur begründet

Plastik — auf chirurgischem Weg: Wiederherstellung, aus dem griechischen: Kunst des Gestaltens

Potenzial — Leistungsfähigkeit

potenziell — möglich, denkbar

prekär — peinlich, schwierig, heikel

Priorität — Vorrang, Vorrecht

R

Referenz — Empfehlung, Personen oder eine Stelle, auf die man sich berufen kann, bei der Auskünfte eingeholt werden können

Reiterhosen — seitliche Fettpolster im oberen Bereich der Oberschenkelaußenseiten

relevant — denjenigen Teil einer Information betreffend, der zur Aufhellung eines zu untersuchenden Sachverhaltes beiträgt

S

Scharlatan	jemand, der Kenntnisse und Fähigkeiten auf einem Gebiet vortäuscht, auch »Schaumschläger«
Schiffer, Claudia	weltbekanntes Topmodel
schwarze Liste	Auflistung von Personen, Vereinen und dergleichen, die nicht empfohlen werden können
separieren	trennen, abtrennen
sekundär	zweitrangig, nachträglich hinzukommend
Shopping	Begriff aus dem Englischen für Einkaufsbummel
Silhouette	Schattenriss, Umriss
Skalpell	kleines chirurgisches Messer mit feststehender Klinge
Soziologe	Gesellschaftswissenschaftler
Soziologie	Wissenschaft von den Formen des menschlichen Zusammenlebens und den dadurch hervorgerufenen Verhaltensweisen
Substanz	Materie, Beschaffenheit, Kern einer Sache, das Wesentliche
suggerieren	jemanden so beeinflussen, dass er etwas tut oder denkt, ihm (oder sich selbst) etwas einreden

T

Talkshow	Fernsehsendung, in der ein Moderator ein oder mehrere Gäste gesprächsweise dem Publikum vorstellt, beziehungsweise diese in Gesprächsrunden integriert
Tumeszenz	nicht begrenzende Anschwellung von Geweben und Körperteilen

Begriffserläuterungen mit Quellenangaben

Aerobic
kam Anfang der 80er-Jahre aus den USA zu uns nach Europa. Es handelt sich um eine Ausdauergymnastik in Form von Schritt- und Bewegungskombinationen zu Musik. Aerobic dient unter anderem der Fettverbrennung und trainiert gleichzeitig die bessere Koordination von Armen und Beinen ...
(Quelle: Wolfgang Mießner: Richtig Aerobic, BLV 2002)

Bauch-, Beine-, Po-Gymnastik
Die gesamten Muskelpartien werden bei den einzelnen Übungen gezielt beansprucht und gekräftigt. Der Muskelaufbau wird verbessert. Durch regelmäßige Übungen soll Haltungsschäden sowie Figurproblemen vorgebeugt werden ...
(Quelle: Margit Rüdiger und Sabine Häberlein: Fit! Bauch, Beine, Po, Gräfe & Unzer 2001)

Bodystyling
Übungen zur Verbesserung der Kondition, Koordination und der allgemeinen Beweglichkeit. Der Körper soll gestrafft werden, Haltungsschäden wird entgegengewirkt. Die Elastizität und Mobilität der Gelenke und das allgemeine Wohlbefinden sollen gesteigert werden ...
(Quelle: Jennifer Wade: Das neue Bodystyling, Gräfe & Unzer 2003)

Aufzeigung des Unterschiedes im Buch zur Plastischen Chirurgie im Gegensatz zur Ästhetischen Chirurgie
(Quellen: Johannes Fr. Hönig, Ästhetische Chirurgie, Steinkopff Verlag 2000, sowie verschiedene Seiten im Internet zu diesem Sachverhalt)

Tumeszenztechnik, Tumeszenzlösung, Tumeszenz-Liposuktion, Saug-assistierte Liposuktion
Die Methoden der Liposuktion; Schönheitsoperationen, Beauty nach Maß, S. 161–163, von Margit Rüdiger und Lore Grosshans, Georg & Unzer Verlag; Vereinigung der Deutschen Ästhetisch-Plastischen

Chirurgen, Folder über Plastische Chirurgie, Aspirationslipektomie) (Quellen: www.pragaesthetischechirurgie.com/Liposuktion.htm)

Fernsehdokumentationen bzw. Serien über Schönheitskorrekturen

Im Fernsehen übertragene Schönheitsshows, bei der sich Personen verschiedenster Eingriffe unterziehen, die zumeist der besseren Optik dienen.

Kohlsuppendiät

ist eine Form des Fastens. Es handelt sich um ein kalorienarmes Lebensmittel, erhält aber für eine dauerhafte Anwendung zu wenig Nährstoffe. Daher augenscheinlich zur kurzfristigen Gewichtsreduktion geeignet. Schnelle Gewichtsverluste von fünf bis acht Kilogramm pro Woche werden versprochen.
(Quelle: Internet, www.beauty-ratgeber.de, am 5. Mai 2005)

Nordic-Walking

Nordic-Walking wurde ursprünglich als Sommer-Trainingsmethode der Spitzenathleten aus dem Bereich Langlauf, Biathlon und der Nordischen Kombination in Zusammenarbeit mit einem Carbonstockhersteller entwickelt.
Nordic-Walking gleicht in der Bewegungsausführung dem Skilanglaufen. Durch bewussten Stockeinsatz wird die Oberkörpermuskulatur gestärkt. Zug um Zug kam das Nordic-Walking aus Finnland über Skandinavien, die USA und Japan nach Mitteleuropa.
(Quelle: Internet, www.nordic-walking-online.de, am 28. Juli 2005)

Trennkost

Ein Ernährungskonzept, bei dem tierisches Eiweiß und Kohlehydrate getrennt werden. Die Lebensmittel sind in drei große Gruppen unterteilt: 1. kohlehydratreiche, 2. eiweißreiche und 3. neutrale.
Faustregel: Innerhalb einer Mahlzeit werden nur Produkte aus einer der ersten beiden Gruppen mit den Produkten der neutralen Gruppe kombiniert. Diese Diät ist in erster Linie nicht auf Kalorienzählen ausgelegt.
(Quelle: Kathryn Marsden: Basisbuch der Trennkost, Goldmann 2002)

Es wurden mir völlig neue Sichtweisen für die Empfindungen von Betroffenen aufgezeigt. Die Offenheit, die dieses Buch auszeichnet, hat mich beim Lesen sehr gefesselt und gleichzeitig berührt.

Dr. med. Hans-Leo Nathrath
Facharzt für Plastische Chirurgie

Ich danke meiner Freundin Melanie (Name geändert), dass ich »ihre« Geschichte in meinen Bericht aufnehmen durfte. Ebenso danke ich meinem Bruder Harry und seiner Frau Uschi für ihre Hilfe bei der Korrektur des Textes. Ein Dankeschön richtet sich an Herrn Dr. med. Hans-Leo Nathrath, Facharzt für Plastische Chirurgie, München. Er unterstützte mich in meiner Arbeit bei fachlichen Fragen und war mir auf meinem damaligen Weg ein guter Begleiter. Und natürlich danke ich meinem Mann, der auch dieses »Projekt« von mir unterstützt und zu jeder Zeit an mich geglaubt hat.